인권생각

인권
considering human rights
생각

인권
으로
희망
찾기

/

김
녕

'인권'과 '희망'은 사라지지 않는다

인권은 간혹 후퇴해도 결국은 진보한다. '모든' 인간이 존엄하고 평등하다는 절대적인 진리를 세상 속에 구현하고자 도덕적 이상은 그것과 대조되는 정치 현실과 불가피하게 갈등과 투쟁을 겪어왔지만, 결국은 예외 없이 인권의 신장은 거듭되어 왔다. 인류의 역사는 곧 인권의 발전사이다. 인권으로 사회와 신앙에 대해 생각하면 우리는 궁극적으로 희망을 보게 된다. 당장은 어둡고 혼돈스러울지라도 인권은 희망을 저버리지 않는다.

희망도 학습해야 한다. 시대가 어려울수록 더욱 그러하다. 10여 년 전 우리가 IMF 경제 위기를 맞아 모두가 참으로 힘들었던 1998년 당시에 김남조 시인은 시집 『희망학습』에서

> 총탄이 몸에 명중했다
> 살을 꿰뚫는 얼음번개의 열열한 상처
> 한데 죽지 않았다
>
> 머리에 총 맞지 않았으니
> 아직 살아 있고
> 생각하는 일 가능하리라
> 가슴에도 총 맞지 않았으니
> 아직 살아 있고
> 사랑하는 일 가능하리라
>
> 이런 까닭으로
> 한국인들
> 다시금 희망의 학습을 시작한다

라고 노래한 바 있다. 그렇다면 인권을 통한 희망학습은 어떨까.

이어서 시인은

좋은 건 사라지지 않는다
비통한 이별이나
빼앗긴 보배스러움
사별한 참사람도
그 존재한 사실 소멸할 수 없다

… (중략) …
좋은 건
결코 사라지지 않는다
사람세상에 솟아난
모든 진심인 건
혼령이 깃들기에 그러하다

라는 신념이 바로 시인이 희망을 노래하는 근거라고 말한다. 그렇다면, 인권이 가져오는 희망, 인권을 통해 학습하는 희망은 분명, 좋은 것이며 처절하도록 진심인 것이기에, 결코 사라지지 않을 것이다.

이 책은 필자가 인권과 희망에 대해 생각하며 지난 10여 년간 대학에서 가르치면서 또 인권단체인 〈인권연대〉에 창립 때부터 참여하면서, 그리고 신앙의 사회적 실천에 관해 고민하면서 가졌던 생각들을 주로 적은 것이다. 〈인권연대〉의 칼럼란에 간간이 기고했던 글들과 가톨릭교회 관련 언론에 기고했던 글들을 게재 순으로 묶었다. 10여 년간이라 해도 가끔씩, 매우 짧게 쓴 글들이기에 책의 분량도 적고 지금은 시사성이 많이 떨어지긴 하지만, 한국 사회에서의 인권의 발전은 꽤나 더딘 터라 지금도 현재적인 의미가 있다고 생각하며 대부분 거의 원문 그대로, 시대 순으로 수록하였다.

읽어볼수록 뭔가 아쉬움이 있지만, 쉬운 글들을 통해 필자가 학술 논문으로서는 결코 성취하지 못하는 일, 곧 이념·종교·학식의 벽을 다 넘어 이 시대 모든 이들에게 쉽고 따뜻하게 읽히면서도 그들 가슴 안의 무언가 중요한 것을 건드리는 일, 인권을 기준으로 생각하고 세상 안에서 올바른 방향과 궁극적인 희망을 찾도록 작은 단초를 제공하는 일을 이렇게 한 시간 남짓 읽으면 다 읽을 작은 책을 통해서 하고 싶었다면, 분명 너무 외람되다 싶다.

인권이라는 가치를 가슴에 품으면 세상은 우리에게 늘 아름답다. "사막이 아름다운 건 어디엔가 우물이 숨어 있어서 그래"라는 생텍쥐페리(Saint-Exupery)의 『어린왕자』의 대사처럼 우리가 희망이라는 우물이 어딘가에 분명히 있음을 믿게 되는 것, 어딘가에는 늘 인권을 위한 고민과 노력과 분투가 있기에 이 세상이 여전히 아름다움을 깨닫게 되는 것, 그런 거, 인권생각에서 시작하는 거 아닐까.

 인권을 기준으로 사회와 신앙을 올바로 바라보는 일, 우리 모두가 척박한 사회 현실 속에서도 더 나은 세상에 대한 희망을 꿈꾸고 일구어 나는 일, 생활 속에서 그리고 마음 안에서 인권을 목표로 삼는 일, 더 나아가 '인간존엄'이라는 절대 명제가 명실공히 모든 정책의 기조이자 상식이 되고 교육 개혁의 윤리적 토대가 되는 일, 그리고 교회 안에만 머물던 신앙인이 인권에 대해 깨달음으로써 '세상의 빛과 소금'이 되는 비결을 터득하여 더 성숙된 신앙인으로 거듭나는 일, 이어서 세상이 더 낫게 변화되도록 신앙을 다해 최선으로 힘을 보태는 일, 그런 좋은 일들이 우리 생애에 곳곳에서 일어나기를 필자는 감히 희망한다. 진심이다.

인권
생각

인권
으로
희망
찾기

인권으로 신앙, 그리고 희망 생각하기

인권으로
사회 생각하기

considering human rights

인성교육으로서의 인권교육

"사람들은 많으나 사람이 없다." 내지는 "사람이라고 다 사람이냐 사람이 되어야 사람이지."라는 한탄이 우리에게는 낯설지 않다. 고대 그리스의 철학자였던 디오게네스(Diogenes, 412?-323 B.C.)가 대낮에도 "사람을 찾는다"며 등불을 들고 다녔듯이, 우리는 오늘도, 아니 오늘은 더, 사람다운 사람을 찾아야 하는 상황 아닌가. 수없이 반복되는 인재(人災)에 의한 대형

사고, 사회 곳곳에 뿌리내린 부정부패, "믿을 사람 하나 없다"라고 되뇌는 우리 사이의 쪼그라든 신뢰와 커져가는 불신, 이는 곧 한국 사회가 겪고 있는 도덕성의 위기, 인성의 위기를 달리 표현한 것에 불과하다.

그러한 위기의 원인 중에 우리는 교육을 우선 꼽지 않을 수 없다. 유아 때부터 시작되어 초등학교, 중·고등학교까지의 입시 위주의 공교육과 사교육, 전문교육·취업대비 위주의 대학교육 속에서 한국의 학생들은 생명의 존귀함, 인간의 존엄성, 자유, 평등, 박애정신 및 공동체적인 삶에 대해 주입식 교육은 받았으나 그것은 그들 각자의 성찰적인 삶, 실천적인 삶과는 크게 괴리되었고, 가정에서의 교육도 인성교육과는 거리가 먼 것들 아니었나. 그 결과 한국 사회 곳곳에는 생명 경시 풍조와 폭력이 난무하고, 도덕성의 위기, 인성의 위기를 모두가 한탄하며 인성교육이 필요하다는 데 공감을 하고는 있지만, 이 역시 공염불 아닌가.

그렇다면 인성교육이란 무엇일까. 쉽게 풀자면, 그것은 인간이 지닌 개인성과 사회성이라는 두 가지 속성을 함께 성숙시켜 참다운 인간이 되도록 하는 교육일 것이다. 특히, 개인적인 자아실현만으로는 온전한 인간이 될 수 없다는 점을 깨우치도록 하며 사회성, 곧 공동체적 인성을 강조할 필요가 있다.

그러한 교육이 만들어 내는 인간은 어떤 인간일까. 장애인들을 포함한 사회적 약자들을 따뜻한 시선으로 바라보고 도우려 애쓰는 인간, 소낙비를 맞고 있는 이웃에게 적어도 자기의 처마 밑이라도 제공해 줄 수 있는 인간, 전쟁 영웅을 찬양하는 영화를 보면서 그 안의 일개 보병 병사의 입장도 생각할 줄 아는 인간, 자기 아이에게 남의 아이들도 그만큼 귀하다고 가르칠 줄 아는 인간, 재산·명예·권력보다는 인권·정의·평화·관용 등의 가치를 더 목말라하는 인간, 누가 나의 이웃인가 묻기보다 나는 누구의 이웃이 되어야 하는가를 고민하는 인간 등이 아닐까.

이는 곧 나와 너, 그리고 우리들과 저네들 모두가 지니고 있는 인간의 존엄성에 대한 존중과 믿음, 그리고 책임을 다하는 인간일 것이다. 따라서 인성교육은 곧 인권교육에서 시작된다고 볼 수 있지 않을까. 유엔총회가 1948년에 선포한 〈세계인권선언〉의 제26조(교육을 받을 권리)의 제2항에도 "교육은 인격을 충분히 발전시키고, 또 인권과 기본적 자유에 대한 존경을 강화하는 데에 목적을 두어야 한다."고 명시하고 있다. 이렇듯이 인권교육은 곧 인성교육인 것이다.

우리는 자녀들을 어떤 인간으로 키우고 싶은가. 그리고 이미 성인인 우리는 지금이라도 고대 그리스의 철학자 디오게

네스가 찾던 그러한 '사람'이 되고 싶지는 않은가. 그렇다면 인성교육에 대한 욕심, 곧 인권교육에 대한 욕심이야말로 한 번쯤 부려볼 만한 것 아닐까?

인권을
가르치는 일

인권(人權)이란 무엇인가. 인권은 인간인 이상 누구나 빠짐없이 가질 수 있고 또 가져야 할 자연적 권리이다. 즉 남녀, 빈부, 귀천의 구별 없이 모두에게 골고루 부여되어 있는 선천적 권리이자 인간이 인간다울 수 있는 고유권한을 말한다. 인권교육은 바로 이러한 인권의 실현을 위해 요구되는 것이다. 즉, 인권에 기초한 새로운 개인적 · 사회적 · 국가적 · 인류적

정체성을 형성함으로써 인권침해를 야기하는 일상적 삶의 구조와 문화에 저항하는 실천을 이끌어 내며, 이를 통해 사회적 약자들이 당면하고 있는 인권침해를 외면하지 않는 '연대의 문화'를 형성하기 위해 요구되는 것이다.

인권교육은 그 자체가 하나의 기본적 권리이다. 권리를 아는 자만이 권리를 행사하고 자신의 권리를 방어할 수 있기 때문이다. 유엔을 비롯한 국제사회는 인권교육을 구체적으로 획득하고 국가로부터 보장받아야 할 권리로서 개념화해 왔다. 유엔총회가 1948년에 반포한 〈세계인권선언〉 뿐만 아니라, 1989년에 채택한 〈유엔 어린이·청소년권리조약〉도 교육의 목표를 인권에 대한 존중을 강화하고 이해와 관용, 평화를 증진하는 데 두어야 할 국가의 책임을 규정하고 있다. 더 나아가 1994년 유엔총회는 '유엔 인권교육 10년'(1995~2004)을 선포하여 그 행동계획에서 인권교육을 기본적 인권의 하나로 규정하며 인권교육의 국가적 이행체계를 마련함은 각국 정부의 책임임을 명확하게 규정했다.

특히 경찰관, 판·검사, 교도관 등 인신을 다루는 법 집행 공무원에 대해 인권교육을 우선적으로 실시할 것을 강조하고 있다. 그리고 국제엠네스티 역시도 인권교육의 필요성을 지속적으로 강조하고 있으며, 한국의 국가인권위원회의 임무에도 인권교육은 중요한 부분으로 포함되어 있다. 인권교육

을 기본적 인권의 하나로 규정하며 인권교육의 국가적 이행
체계를 마련함은 각국 정부의 책임이다.

덧붙여 1978년 '비엔나 인권교육에 관한 국제회의'에서 강
조된 기본원칙들도 시사하는 바가 많다. 그 중에서 몇 가지만
든다면,

1. 인권교육은 인권에 내재되어 있는 관용과 존중, 연대의 태도를 배양하고

2. 국내적·국제적 수준에서의 인권에 관한 지식과 이행을 위한 체계를
알려 줌으로써 국내적·국제적 차원에서 인권이 사회적·정치적 현실 속
에서 실현될 수 있는 방안에 대한 자각을 높여야 하고

3. 가정교육, 사회교육, 평생교육 등 학교 밖 교육을 통해서뿐만 아니라
모든 수준의 교육제도 내에서 인권이 가르쳐져야 하며

4. 인권 존중의 정신만을 보급하는 것으로는 충분하지 않고, 적절한 학문,
특히 철학과 정치학, 법학, 신학 등 개별 학문 속에서도 인권이 통합되어
연구되어야 하고

5. 교사의 인격적 통합성과 표현의 자유가 보장되어야 한다.

그러나 한국 사회의 인권의식 부재의 정도는 참으로 심하
다 할 것이다. '밤샘 수사'가 '인권침해'가 아니라 '수사 관행'
이라고 생각하는 경찰, 어린애를 자기의 소유물이라고만 여
기는 부모들, 국가보안법 개정·폐지 요구와 노조의 파업행
위를 무조건 불온한 것으로 여겨 온 우리 사회의 두터운 보

수·수구세력들, 북한 아이들은 나쁜 아이들이므로 도와주지 말아야 한다는 우리의 초등학생들, 의사들 앞에서는 굽신거릴 수밖에 없다고 생각하는 환자들, 낙태를 아무렇지도 않게 자행하는 수많은 부모들, 당연하다 싶게 성희롱을 일삼는 남성들, 의무는 망각한 채 자기의 권리만이 가장 중요하다고 우기는 많은 집단들, 이들 모두가 다 우리네의 인권의식의 부재 현상을 대변하고 있지 않은가?

인권교육은 '제도'보다는 '사람'에 더 희망을 거는 프로젝트라고 말할 수 있다. 민주주의 작동기구들이 적어도 절차적 수준에서 자리 잡게 되면 그 다음에 중요시되는 것은 사회 수준에서의 민주주의인데, 우리는 여태껏 제도를 만드는 문제에만 매달리지 않았나 싶다. 제도를 만드는 일만이 능사가 아니다. 시민사회 구성원들에게 인권에 대한 감수성과 의식을 확산시키는 일, 인권교육으로써 그들을 '백성'이 아닌 '시민', 곧 시민사회의 기본권의 주체로서 '의식화' 시키는 일, 그것이 사회 수준에서의 민주화를 위해 꼭 필요하다.

인권은 결코 미사여구나 사치스런 요구가 아니다. 그리고 인권은 윗사람이 베풀어 줄 수 있는 것이 아니다. 인권을 말함은 인권을 침해당한 이들, 곧 우리와 같은 인간들에게 그들이 당연히 돌려받았어야 하는 것을 이제라도 돌려주겠다는 최소한의 배려이며, 그들이 외롭게 당한 억울한 고통이 함께 했어야 할 우리 모두의 고통이었음에 대한 고백이다. 그리고 지금 우리가 주변에서 작건 크건 간에 인권침해를 가하거나 당하고 있지는 않은지에 대한 두려움이자 항거이다.

인권신장이란 사회 구성원 다수의 인식전환과 공감대 및 의지가 있어야만 가능하다. 그리고 인권의식은 어려서부터 교육을 받지 않으면 인권의식이 부족하다는 사실조차 인식하지 못한다. 인권탄압논리에 익숙하여 인권보호원칙에 대해 제대로 배운 적이 없는 한국의 정치권과 시민사회에 인권의식이 제대로 뿌리내리기까지는 시간이 꽤 오래 걸릴 것이다.

우리는 다음 세대를 염두에 두고 초등학교 때부터 대학교육에 이르기까지 인권에 기반을 둔 문제제기 식의 학교교육과 시민교육을 꾸준히 행해야 할 것이다. 이것은 학교와 정부의 몫일 뿐만 아니라 인권운동·시민운동단체의 몫이기도 하다. 인권교육에 우리와 한국 민주주의의 장래가 달려 있다.

인권교육은 거창한 것이 아니며, 시민사회에서 시민 각자의 작은 실천이 특히 중요하다. 바로 가정에서 시작된다. 엄마가 아이에게 "알고 보니 왕따 당하던 미운 오리 새끼는 백조였다"라는 동화를 읽어 주며, "너는 겉모습으로 친구 차별하지 말고, 네가 혹시 당장에는 인정을 못 받는 경우가 생기더라도 언젠가 네가 백조였음을 그들이 깨닫는 날이 올 것이다"라고 격려해 주는 일, 또는 가족이 모여 진지하면서도 명랑한 토론을 거쳐 '가정인권헌장'을 만들어 거실에 붙이고 가족 가운데서 정기적으로 '인권상'을 주고받는 일, 그리 어려운 것 아니다. 학교에서 선생님들이 가끔이라도 정규 수업 또는 특별활동을 통해 학생들에게 인권의식을 함양시켜 주는 일, 그리 어려운 일 아니다. 신입 여사원들이 왜 커피 심부름을 전담해야 되며 직접·간접으로 성희롱의 표적이 되어야 하는지 등의 직장 내의 인권문제에 대해 문제의식을 공유하는 직장 내 인권동아리를 만들어 매주에 한 번씩 점심시간에 모여 토론하자고 제안하는 일, 그리 어려운 것 아니다.

한국 정치, 한국 사회가 나아가야 할 올바른 방향의 모색, 무엇을 잘못 생각하고 있는지를 여태껏 자기 잣대로는 결코 깨닫지 못하는 정치인과 국가 공무원들의 깨달음과 회심도 인권교육을 통해서 비로소 가능해질 것이다. 이렇게 볼 때, 인권을 실천하고자 고군분투하는 인권활동가들을 각자 작은 힘으로나마 물질적, 정신적으로 후원하고 격려하는 일은 자녀들에게 부모들이 후세에 보다 나은 세상을 물려줄 수 있는 쉽고도 확실한 투자이자 살아있는 교육 아닐까?

그러하기에 인권교육은 자생적인 '인권교육운동'에 의해서 확산되어야 한다. 국제사회의 요구이자 시대적 요구이며 한국의 민주화를 위한 필수 요건이자 인성교육의 핵심인 인권교육을 결코 정부에만, 학교에만, 그리고 인권교육 전문가에

게만 떠맡길 수는 없다. '인권을 가르치는 일'은 바로 모든 부
모, 언니, 오빠, 누나, 형들의 몫이다. 인권단체는 그러한 교
육의 촉매역할을 해야 할 것이다. '인권을 가르치는 일'은 인
권운동의 메마른 저수지에 물을 대는 일이자 시민사회 개혁
의 물꼬를 트는 일 아닐까?

인권에 대한
오해와 깨달음

대학에서 인권 관련 교양과목을 강의하는 필자는 강의 첫 시간에는 늘 학생들에게 우리가 인권에 대해 흔히 잘못 이해하고 있는 것들이 이번 한 학기가 지난 후에 아마도 바뀌게 될 것이라고 말한다. 그런 잘못된 이해 내지 오해들이란, 예를 들면, "인권타령은 70년대, 80년대 민주화 투쟁 때나 필요했던 것이지 지금 이 시대에 무슨 인권타령이냐?" "국가보안법은 운동권 학생들에게나 문제되는 것이지 나같이 법 잘 지키고 죄 안 짓고 사는 선량한 시민들과는 무관한 것 아닌가?" "국가안보와 경제발전이 먼저 갖추어진 후에야 비로소 인권을 언급해야 하는 것 아니냐?" "교회가 인권문제에 대해 관심을 갖고 개입을 하는 것은 교회의 본분을 넘어서는 것 아닌가?" "과거 시절에 무장공비가 출현했을 당시 그를 체포하여 공개처형을 방불케 처형하는 것은 너무도 당연한 것 아니었나?" "딴 나라의 인권문제는 그 나라의 문제일 뿐이며 나와는 아무 상관이 없는 것 아니냐?" "인권은 의무는 소홀히 하면서 권리만 너무 강조하는 건 아닌가?" 등이라 할 수 있다.

물론 독재정권에 의해 침해되던 인권을 지금 우리는 누리고 있지만 인권문제는 축소된 것이 아니라 더욱 확장되고 있으며, 국가보안법에 의해 우리 국민 모두는 자기 검열 및 사상 검열에 알게 모르게 이미 익숙해졌다는 사실, 국가안보와 경제발전은 인권이라는 목적가치를 구현하기 위한 수단 가치에 불과하다는 사실, 성서에 담겨있는 '하느님 나라', 이웃에 대한 사랑 및 정의에 대한 가르침의 핵심이 인권이라는 사실, 즉 성서는 하나의 인권교재이기도 하다는 사실, 무장공비에게도 인권이 있기에 적어도 그는 죄수복으로라도 옷을 갈아입고 재판을 기다리며 변호인의 조력을 받을 권리까지는 아니라도 사형을 앞두고 스스로를 뒤돌아볼 기회라도 가졌어야 한다는 사실, 더 나아가 극형을 언도받아야 했던 것은 그 어린 무장공비 청년이 아니라 그에게 주입되었던 이데올로기와 분단이라는 민족의 원죄였다는 사실, 과거 광주 민주화 항쟁에서 학살을 경험했던 우리는 더 가까운 과거에 동티모르에서 벌어졌던 학살을 외면하지 말아야 했다는 사실, 그리고 끝으로 다른 이들의 인권과 공동체 전체를 존중한다는 전제 하에서만 나는 인권을 주장할 수 있다는 사실 등을 그 학생들이 깨닫게 될 때까지는 사실 별로 오래 걸리지 않는다.

청소년 대상의 소그룹 강의에서도, 또 종교단체인 가톨릭 수도단체에서의 특강에서도 이러한 오해들이 발견된다. 청소년 대상으로 〈세계인권선언〉을 중심으로 인권을 강의한 후 어떤 학생이 물은 질문인즉슨, "이렇게 인권의식을 우리 청소년들에게 심어주면 우리는 앞으로 어떻게 살아야 하는가? 사는 것이 더욱 어려워지게끔 만드는 건 아닌가? 책임질 수 있는가?"였고, 어느 수도회 수사의 질문은 "성서에서 하느님은 사랑하라고 강조하셨는데, 인권은 싸우라는 것 아닌가? 인권을 주장함보다는 원수라도 사랑하는 것이 하느님이 분부하신 것 아닌가?" 더하여, 인권단체 주최의 시민 인권교육 강좌를 하면서 성인 시민들의 수강 소감을 들어보면, "인권이라 하면 어려운 것이고 나랑은 무관한 것이라고 생각했었는데 그게 아니었다. 바로 나 자신이 일상생활 영역에서 인권침해의 피해자 및 가해자가 되고 있다는 것을 비로소 깨달았다"는 얘기들을 한다.

청소년들부터 인권이 입에, 몸에, 그리고 가슴에 배어야 그들이 살아갈, 그리고 그들이 책임질 장래가 지금보다 나아질 것이라는 사실, 굶는 이들에게 매번 가져다주는 자선도 중요하지만 그들 스스로가 굶지 않을 권리, 일할 권리, 사회보장을 받을 권리를 주장하도록 일깨워주고 힘을 실어주는 일도 분명 커다란 사랑이라는 사실, 악한 이들에게 그들의 악함을 그들 스스로가 깨닫도록 해 주는 일도 그들에 대한 증오가 아니라 그들에 대한 사랑에서 비롯된다는 사실 등도 깨닫기가 어렵지는 않다.

인권강의는 그런 분명한 깨달음을 주는 일이며, 깨달음의 시간을 단축시키는 일이다. 그런데 어쩌면, 인권강의를 하는 필자 자신이 갖고 있는 생각, 즉 "한국에서 태어난 우리 모두는 인권교육을 제대로 받아볼 기회가 없었기에 제대로 알지도 못하며 교육에는 오랜 시간이 걸릴 것이고, 사실 인권교육에 별 관심도 없는 것 같다"라는 생각도 맞는 말이면서도 혹시 오해는 아닐까? 유치원에 다니는 어린이가 필자에게 던진 말인 "내가 싫어하는 것을 남에게 하면 안 되지요"라는 말 속에, 그리고 바쁘고 피곤하기 마련인 평일 저녁에 인권강좌를 들으려 모이는 시민들을 보며 필자는 스스로의 오해에 대해

돌이켜보며 동시에 인권교육은, 인권운동은, 그리고 인권의 실현은 불가능한 꿈만은 아니라고 다시금 깨닫게 된다.

끝으로, 정치학을 공부하여 박사학위를 받은 정치학자들이라면 인권에 대해 당연히 고민해 보았고 공부도 많이 했을 거라는 생각, 그리고 '인권' 운운 하는 모든 정치인들은 당연히 인권에 대해 나름대로 올바른 일가견을 갖고 있을 거라는 생각조차도 또 하나의 오해는 아닐까 생각해 본다. 적어도 정치 공동체의 올바른 형태, 그 안에서의 올바른 분배와 올바른 행태를 연구하는 학자들이라면, 그리고 "사람들의 눈에서 눈물을 닦아 주는 일이 정치"임을 잊지 않는 정치인들이라면, 그리고 적어도 그들이 추구하는 바가 헛된 방향을 향하고 있지 않다면, 분명 그들은 궁극적으로는 인권에 대해 깊이 고민할 수밖에 없을 것이다. 하지만 이것도 또 하나의 오해는 아닐지?

대한민국 정부가 수립되어 근 60년, 독재정권이 무너진 87년 6월항쟁 이후에만도 20년 가까운 세월을 보냈으면서도 정작 우리는 우리에게 인권에 대해 배울 권리가 있음을, 그리고 바로 그것이 가장 중요한 인권 가운데 하나임을 아직도 제대로 깨닫지 못하고 있는 것 같다. 인권에 대한 오해에 의해 뒷받침 되던 인권침해의 권력구조와 의식구조를 이제라도 깨달아 바로잡아야 하지 않을까?

대학에서
인권을 가르치며

대학에서 인권을 가르치며 필자는 강좌내용에 되도록 많은
주제를 담으려 한다. 인권에 대한 오해, 인권의 개념과 역사,
〈세계인권선언〉 및 국제인권규약의 이해, 유엔의 인권보호
제도와 절차, 인권개념의 보편성과 아시아적 가치, 인권과 민
주화, 국가보안법에 담긴 이데올로기 및 법과 인권의 문제 등
을 이론적 접근에서 다루며, 각론에서는 한국 사회에서의 생

명 및 신체의 자유, 표현의 자유, 사법과 인권, 노동기본권, 신자유주의와 사회권의 문제, 교육권과 청소년 인권, 환경과 건강권, 보건의료권, 장애인 인권, 여성 및 아동의 인권, 문화권, 과학기술과 인권, 사형문제, 북한 인권과 세계의 인권문제와 인권운동, 그리고 국가인권위원회 이해 등을 조별 발표 및 토론을 위주로 하여 다룬다.

그리고 결론에서는 실천의 문제로서 인권운동 및 인권교육의 현황과 과제, 각자가 할 수 있는 인권실천 방안 등을 논하며 실천을 독려한다. 이러한 한학기의 수업과 시험 등이 학생들에게 인권에 대해 고민하고 공부할 좋은 기회인 것임은 분명하겠고 학기말시험을 채점할 때 그런 생각은 확실해진다.

그러면서도 부족한 부분이 있을 것이기에 학기 말에 근접하여 추가로 과제를 내는데, 주로 내는 세 가지 문제는 이번 강좌에서 다루지 않은 중요한 인권 현안들을 제시해 보라는 문제, 〈세계인권선언〉 30개 조항을 어떻게 보완해야 할지 31조부터 33조를 추가해 보라는 문제, 그리고 가정인권헌장 10개항을 작성해 보라는 문제이다.

우선, 첫 문제를 풀면서 학생들이 제시한 인권 현안 중에서 예리한 감수성이 보이는 것들을 몇 가지만 열거해 보면 다음과 같다. 노숙자 문제 중에서도 여성 노숙자의 성폭력 문제, 인터넷 마녀사냥 문제, 에이즈 및 한센병 환자들의 인권문제,

찜질방 탈의실의 CCTV 문제, 문맹 혹은 난독증인 이들을 위해 가급적이면 영화자막 대신 더빙을 해야 한다는 주장, 입사지원서를 쓰면서 재산·주거형태·부모의 학력 등까지 적도록 요구되는 현실, 흡연자 및 비흡연자 각각의 정당한 권리, 채식주의자들의 음식 선택 기회의 평등 문제, 개인생체정보 자기 결정권, 이슬람에 대한 오해에서 비롯되는 편견과 불관용의 문제, 자발적 성매매 여성의 성매매 문제, 기업의 비윤리적 경영, 학교에서의 특정 종교 강요 문제, 난민인정 문제, 미군기지화로 인한 대추리 주민들의 인권문제, TV와 인터넷 등에 벌어지는 특정 계층 및 집단의 희화화 문제, 농촌 총각의 결혼할 권리, 여학생들의 생리결석 인정 문제, 간통죄 폐지 논란, 미국 뉴올리언스(New Orleans)에서 드러난 흑인 차별에서의 교훈, 다른 어느 나라에도 없는 소년소녀가장문제, 뚱뚱한 이들에 대한 차별 및 외모지상주의의 문제, 공개 입양에 대한 찬반론 등이 제기된다.

더 나아가, 화장실 청소부 아줌마들이 당할 수 있는 수모, 출산 직후 아기가 거꾸로 들려 엉덩이부터 맞지 않을 권리, 직장 여성이 해고의 걱정 없이 임신할 권리, 장애인 여성이 사회복지의 혜택을 받으며 임신 및 출산할 권리, 동물의 권리, 죽은 자의 인권(예를 들어, 쓰나미 사태에서처럼 시신이 길거리에 방치되지 않고 장례 치러질 권리, 무덤이 여러 가지 이유로 훼손되지 않을 권리, 죽은 이의 신원 및 사인이 밝혀질 권리, 의문사의 경우 진상 규명, 그리고 명예 회복의 권리, 죽은 자의 초상권) 등도 제기된다.

〈세계인권선언〉의 보완으로는 성적(性的) 정체성 권리, 양심적 병역거부 및 대체복무의 권리, 사이버 공간에서의 인권, 환경권, 불치병 환자의 치료약 접근권의 국제적 보장, 전쟁 및 테러로부터의 보호와 평화권, 유전자조작 금지 및 자신의 생체정보 보호권과 자기결정권, 의학기술과 인권, 정보에 대한 평등한 접근권, 약소국가에 대한 차별 금지, 다국적기업의 윤리 문제, 인간 및 모든 종(species)의 보호 의무, 중대한 인권범죄의 경우 공소시효배제, 그리고 인권교육을 받을 권리와 국가의 인권교육을 행할 의무를 별도의 조항으로 추가하자는 제안도 나온다.

가정인권헌장에서는 〈세계인권선언〉에서 열거한 각종 인권들을 가정 내에 어떻게 적용할 수 있는가에 대한 묘안들이 속출하고 있다. 예를 들면, 가족 모두는 평등하기에 상호 존중해야 한다. 남녀노소에 관계없이 동등한 발언권과 의사표현의 자유를 가진다. 개인의 수입 및 용돈을 자신의 임의대로 사용할 수 있다. 자신이 받고자 하는 교육, 일하고자 하는 직업, 그리고 결혼할 상대를 스스로 선택할 수 있다. 모두 건강할 권리가 있으며 서로 보살펴야 한다. 자신의 권리를 주장하기에 앞서 가족으로서의 의무 이행이 앞서야 한다. 그리고 가족 모두가 참여하는 가족회의를 정기적으로 열어야 하며 이때 술에 취한 상태로 참석하는 것은 금한다는 등의 단서조항도 제시된다. 이렇게 각자가 작성한 가정인권헌장을 지금부터라도 거실 벽에 가훈처럼 붙여 놓고 실천해 보라는 취지를 학생들은 십분 공감하는 것 같다.

이러한 과제물을 읽으면서 필자는 학생들이 내가 미처 생각해 보지 못한 주제들도 제시하는 것을 보며 이들이 인권에 대한 지식뿐 아니라 인권 감수성도 키워가고 있음을 본다. 아직도 대학에서 인권을 정규수업으로 강의하는 대학이 손에 꼽을 정도밖에 안되는 게 현실임을 감안할 때 이러한 발견은 인권을 꾸준히 가르치는 선생에게 소신과 사명감에 더하여 보람을 키워주는 것이라 하겠다.

인권교육을 받을 권리는 그 자체가 인권에 속한다. 〈세계인권선언〉 제26조에서 언급하듯이 "사람은 누구나 교육을 받을 권리를 가진다. … 교육은 인격을 충분히 발전시키고, 또 인권과 기본적 자유에 대한 존경을 강화하는 데 목적을 두어야 한다." 그렇다면 입시위주의 정규 교과 속에서 인권교육을 못 받고 자란 한국 사회 구성원 거의 모두는 이러한 인권을 구조적으로 만성적으로 침해당하고 있는 것이다. 이것이 바로 인권교육이 필요한 이유이며, 인권교육의 활성화가 인권운동의 주요 과제 중의 하나인 이유이다. 아울러 인권교육이 하나의 운동, 즉 인권교육운동이어야 하는 이유이다. 대학에서 인권을 가르치며 필자는 오늘도 이러한 문제의식을 느끼며 다짐을 새로이 한다. 그러한 다짐에서 시작하는 인권교육은 늘 보람과 희망을 준다. 인권을 배우고 감수성을 키우는 젊은이들이 많아질수록 이 시대의 희망은 커진다.

담쟁이 바라보며
인권운동 생각하기

시인들은 타고난 감수성과 직관으로 세상 만물의 이치를 느끼고 꿰뚫으며 그들이 발견한 것을 우리에게 가슴에 와 닿는 언어로 전해 주는 이들이라고 할 수 있다. 거대한 담론이나 복잡한 방정식을 빨리 풀어내야 한다는 중압감으로, 혹은 세상사 어느 하나도 쉽지 않고 더욱이 사람들이 모여 하는 일이면 그 취지가 아무리 좋은 것이라도 꼭 어려움이 동반된다며 푸념하거나 체념하는 우리들에게 시인들은 매우 단순한 것 안에 담겨 있는 자연의 이치를 눈여겨보라고 한다.

필자가 가르치는 대학에서 학생들이 '등록금 인상'과 관련하여 학생들의 권리를 찾자며 나누어준 유인물에서 나는 도종환 시인의 '담쟁이'라는 시를 우연히 접하게 되었는데, 그 시 안에서 나는 인권운동에 대한 생각, 특히 실천과 연대에 대한 하나의 답을 발견한다. 시의 단락을 편의상 둘로 나누는 우를 범하면서 인용해 본다.

> 저것은 벽
> 어쩔 수 없는 벽이라고 우리가 느낄 때
> 그때, 담쟁이는 말없이 그 벽을 오른다
> 물 한 방울 없고 씨앗 한 톨 살아남을 수 없는
> 저것은 절망의 벽이라고 말할 때
> 담쟁이는 서두르지 않고 앞으로 나아간다
> 한 뼘이라도 꼭 여럿이 함께 손을 잡고 올라간다
>
> 〈담쟁이〉

우선, 인권운동은 '벽'을 넘는 투쟁이며, 연대를 통한 것이다. 한국에는 꽤 많은 인권단체들이 다양한 영역에서 활동하고 있다. 예를 들면, 종합적인 인권단체(인권연대. 인권운동사랑방. 다산인권센터. 평화인권연대. 새사회연대 등), 종교권 인권단체(천주교인권위원회. KNCC한국교회인권센터. 불교인권위원회. 원불교인권위원회 등), 전문가 인권단체(민주사회를위한변호사모임. 민주주의법학연구회 등), 피해자 인권단체(민주화실천가족운동협의회. 전국민족민주유가족협의회 등), 장애인 인권단체(장애우권익문제연구소. 장애인이동권연대 등), 성소수자 인권단체(동성애자인권연대. 한국성적소수자문화인권센터 등), 과거청산 관련 인권단체(민족민주열사 · 희생자추모단체연대회의 등), 이주노동자 인권단체(외국인이주노동자대책협의회. 이주노동자인권연대 등), 지역 인권단체(수원 다산인권센터. 안산노동인권센터. 광주인권운동센터. 부산인권센터. 울산인권운동연대. 전북평화와인권연대 등), 사회권 중심 단체(불안정노동철폐연대 등), 정보인권 중심 단체(진보네트워크센터. 지문날인반대연대 등), 기타(국제민주연대. 사회진보연대 등)가 있다.

이 단체명만 보더라도 한국 사회의 인권운동이 넘어야 할 벽들이 첩첩으로 둘러싸여 있음을 금방 알게 된다. 각 인권들이 서로 상호의존적이고 불가분리이듯이, 이러한 운동들도 상호의존적이고 불가분리하다. 이 모든 인권들이 총체적으로 동시에 실현되어야 하듯이, 인권운동단체들의 연대는 전략이자 행동원리이며 존립의 기반이다.

> 푸르게 절망을 다 덮을 때까지
> 바로 그 절망을 잡고 놓지 않는다
> 저것은 넘을 수 없는 벽이라고 고개를 떨구고 있을 때
> 담쟁이 잎 하나는 담쟁이 잎 수천 개를 이끌고
> 결국 그 벽을 넘는다.
> 〈담쟁이〉

인권운동은 결국 절망의 벽을 넘는다. 인권운동진영은 그동안 사회보호법 폐지, 준법서약서제도 폐지, 호주제 폐지, 국민기초생활보장제도 입법화 등을 성취했다. 아울러, 지속적으로 국가보안법 폐지 운동, 사회복지시설 생활인의 인권확보 운동, 사법개혁 운동, 장애인 교육권 및 차별금지와 권리구제 운동, 양심에 따른 병역거부와 대체복무제 실현 운동, 비정규권리입법 쟁취 투쟁, 이주노동자 인권운동, 다양한 과거청산운동, 팔레스타인 연대운동, 정보인권운동, 국가인권위원회 감시운동 등과 국제연대운동, 인권교육운동 등을 하고 있다. 이 나라가 인권의 푸른 잎으로 덮일 때까지 인권운동은 결코 고개를 떨구지 않고 앞으로 나아가 결국은 그 벽을 넘을 것이다.

　그러면서도 우리의 인권운동은 어떤 성찰이 필요할까. 인권운동은 큰 목소리로 벌여야하지만 그 운동의 뒷심은 말없이 꾸준히 행하는 실천에서 온다는 점, 담쟁이가 벽을 파랗게 덮을 때까지 서둘러서는 안 된다는 점, 인권단체들끼리 꼭 여럿이 손을 잡아야 한다는 점, 인권단체 안에서 작은 담쟁이 떡잎들을 계속 키워나가야 한다는 점, 그리고 결코 절망해서는 안 된다는 점 등이 아닐까.

　아울러, 우리는 담쟁이 잎들이 넝쿨을 이루면서도 잎 하나하나가 개별적으로도 탄탄한 잎임에 주목할 필요가 있다. 우리는 각 인권단체의 전문성을 토대로 하여 연대를 맺는 조직적 대응을 좀 더 고민해야 할 것이다. 분산적인 대응만으로는 총체적으로 요구되는 인권적 과제들에 접근하기가 어렵다. 따라서 조직적 대응이 필요하며, 동시에 각 단체들은 저마다의 분명한 전문 영역을 확보하고 의제별로 네트워크를 강화해야 할 것이다.

끝으로, 인권단체들과 시민들과의 연대가 활성화되어야 하고, 시민사회 안에서도 인권의 꿈과 의지를 가진 작은 담쟁이 떡잎들이 계속 자라나야 할 것이다. 사람 다니지 않는 산이라도 사람들이 다니기 시작하면 오솔길이 생기듯, 희망을 계속 지니게 되면 언젠가는 현실이 될 것이다. 혼자 꾸는 꿈은 꿈에 불과하지만 여럿이 함께 꾸는 꿈은 현실이 된다는 것을 믿고 인권의식과 감수성을 터득해가는 시민들이 많아질수록, 그리고 그들이 인권단체들을 찾고 동참하며 그들의 뒷심이 되어줄 때, 마치 "담쟁이 잎 하나는 담쟁이 잎 수천 개를 이끌고 결국 그 벽을 넘는다"는 말처럼 인권단체 잎 하나하나는 각기 수천 개의 담쟁이 잎들을 이끌고 "결국 그 벽을 넘는다."

『꿈꿀 권리』라는 책 이름을 본 적이 있다. 그러나 인권현실 앞에서는 꿈을 꾸는 것이 '권리'만이 아니라 '의무'이기도 하다. 담 벽 너머의 세상을 꿈 꿀 '권리'와 함께 우리에게 요구되는 것은 그런 세상을 꿈꾸며 담 벽을 넘어야 한다는, 기어이 넘고 말아야 한다는 '의무' 아닐까?

'인권 감수성'에 관한 몇 가지 생각

'인권 감수성'이란 말을 우리는 종종 접하는데 인권 감수성의 계발은 인권교육의 기본이자 목표로 여겨진다. 일반적으로 "자극을 쉽게 받아들이고, 이로 인해서 흥분하기 쉬운 상태 또는 성질"을 '감수성' 혹은 '민감성'이라 할 때, '인권 감수성'은 "일상생활에서 만나는 다양한 자극이나 사건에 대하여 매우 작은 요소에서도 인권적인 요소를 발견하고, 적용하면서, 인권을 고려하는 것"을 말한다.

부연하자면, '인권 감수성'이란 "인권문제가 개재(介在)되어 있는 특정 상황에서 그 상황을 인권 관련 상황으로 지각하고 해석하며, 그 상황에서 가능한 행동이 다른 관련된 사람들에게 어떠한 영향을 미칠지를 알며, 그 상황을 해결하기 위한 책임이 자신에게 있다고 인식하는 심리과정" 즉, "상황을 인권 관련 상황으로 지각하고 해석하는 과정"이며, 이것이 중요하게 여겨지는 이유는 "바로 인권을 옹호하는 행동을 하는 가장 기본적인 행동 과정"이기 때문이다(국가인권위원회 사이버인권배움터 참조). 대학에서 인권교육을 하는 필자 역시 학생들에게 '인권 감수성'을 일깨워 주고 키워 주는 것이 중요하다고 생각하기에 어떠한 것을 예로 들면 좋을지를 늘 생각하는데, 다음의 세 가지를 자주 원용하곤 한다.

첫째, 주부 내지 어머니의 인권이다. 〈세계인권선언〉 제24조에서 언급되듯, "모든 인간은 합리적인 노동시간의 제한과 정기적인 유급휴가를 포함한 휴식과 여가의 권리를 갖는다." 주부 습진과 함께 유달리 우리나라의 주부들에게 많은 병이 울화병이라 한다. 백과사전을 보면, 화병(火病) 또는 울화병(鬱火病)은 주로 중·장년의 여성에게 나타나는 정신질환이며, 화를 참는 일이 반복되어 스트레스성 장애를 일으키는데, 가슴이 답답하며, 불면증, 거식증, 성기능 장애 등의 증상을 동반

한다. 아울러 화병은 한국인만의 독특한 질환이다. 미국 정신과협회는 1996년에 화병을 문화 관련 증후군의 하나로 등록했는데, 이 질환을 영어로 'hwa-byung'이라고 부른다고 한다.

한국의 주부들은 곧 아내이자 어머니이다. 이들에게도 행복추구권과 휴식의 권리가 있음은 당연하다. 아마도 "나도 주말엔 쉬고 싶다. 친구들과 영화 한 편이라도 보고 싶고, 책방에도 가보고 싶고, 부엌도 한 주에 한 번이라도 휴업하고 싶다. 방 한 칸을 따로 가지지는 못할망정 마음속에라도 방 한 칸 갖고 싶다. 주부이기 이전에 나도 인권이 있는 한 명의 존엄한 인간이다."라고 아주 조용하게라도 때로는 절규하고 싶지는 않을까?

둘째, 정신지체장애를 포함한 모든 장애인의 사랑과 결혼, 그리고 성(性)에 대한 권리이다. 강의 시간에 "그들의 사랑할 권리―정신지체인의 성(性)과 결혼"이라는 다큐 스페셜을 학생들에게 보여 줄 때 필자는 학생들의 얼굴에서 "사람 사는 이야기"가 가져다주는 미소와 함께 인권의식이 생겨남을 읽는다. 그 TV 프로는, 그에 대한 소개 기사대로, "흔히 정신지체 장애인들은 결혼을 할 수 없다고 생각한다. 정상인도 잘 살기 힘든 세상에, 정신지체인끼리 결혼생활을 제대로 할 수 있을지 의심한다. 일반인이 장애인에 지니는 편견과 무관심이 그들의 삶을 얼마나 황폐하게 했는지 살펴본다. 행복하게 사는 정신지체 부부 이야기를 통해 그들의 사랑과 인간답게 살 권리를 생각한다." "성년에 이른 남녀는 인종, 국적 또는 종교를 이유로 한 그 어떤 제한도 받지 않고 결혼하여 가정을 이룰 권리를 갖는다."(《세계인권선언》 제16조 1항)는 것은 이들에게도 당연히 해당된다. 그러나 이들에게는 그러한 인권이 혹여 금기시 되거나 논외로 여겨지지는 않는가?

그런데 할아버지, 할머니들의 인권도 비슷한 같은 맥락 아닐까? 이들 역시도 행복추구권을 지님에도 불구하고 자식들에 의해 홀대 당하거나 방치되기 일쑤이다. 사람들이 갖고 있는 사랑받고 싶고 사랑하고 싶은 욕구는 일생을 간다. 사랑을 느끼는 마지막 순간은 병상에서 접하는 위로와 미소, 더 나아가 임종의 순간에 눈을 감겨주는 손끝까지 아닐까? 외로운 노년, 특히 홀로 남은 노인들의 경우 그들이 얼마나 사랑받고 싶고 더 나아가 사랑하고 싶은지 우리는 헤아려 보았는가? 홀로 남겨진 노인들은 홀로 살다가야만 하는가? 그들에게 이러한 인권은 이미 시효가 지났는가?

셋째, 몇 년 전에 TV에서 '태조 왕건'을 보면서 철원에서 나주로 왔다 갔다 하는 왕건을 보면서, 더욱이 말을 탄 왕건이 발이 불편할 군화와 녹슨 창 하나 들고 마라톤을 해야 하는 수많은 보병들을 이끌고 가면서 "빨리 가자"고 외치며 말을 달릴 때, 필자는 그 보병들에게 눈을 돌리곤 했다. 그들에게

인권생각

과연 그 전쟁은 무슨 커다란 의미가 있을까? 곧 돌아오겠다고 약속하고 떠나온 고향의 가족들을 생각하며 배 곯아가며 죽음의 공포에도 사로잡힌 채 왕건을 위해 목숨 바치겠다며 달리는 가엾은 그 병사들도 왕건과 똑같이 존엄한 인간들 아닌가? 칼과 화살을 맞아 쓰러지는 무명의 병사들 한 사람 한 사람, 그리고 그들의 가족들…. 그 약속과 기다림과 절망도 우리는 드라마 속에서 함께 읽어야 하지 않을까?

이렇게 본다면, TV 드라마는 우리에게 참으로 좋은 텍스트라 하겠다. 주인공에게만 주목하는 우리들은 이젠 장군이나 미남, 미녀가 아닌 주변의 등장인물의 처지에서 드라마를 거꾸로 읽을 필요가 있다. 더 나아가, 수많은 영화와 아이들의 동화 역시도 속속들이 인권교재가 될 수 있을 것이다. 공주와 왕자가 아닌, 임금과 장군이 아닌, 게다가 선남선녀가 아닌 이들까지 모두가 전 인류에 보편적인 인권의 주인공들이다.

이렇듯, 인권 감수성은 중심에서 주변으로의 여행, 높은 곳에서 낮은 곳으로의 여행, 그리고 머리에서 가슴으로의 여행을 가능케 한다. 〈세계인권선언〉 제1조의 "모든 인간은 태어날 때부터 자유롭고, 존엄성과 권리에 있어서 평등하다."는 선언에도 불구하고 우리는 주변과 낮은 곳에 눈을 돌리는 데 익숙하지 않다.

감수성이 있는 이들은 남들이 '작은 것'이라고 여기는 것들에서 자주 슬퍼하고 자주 기뻐한다. 그러나 그 '작은 것'은 결코 작은 게 아니다. '인권 감수성'이라는 기차는 우리를 기다린다. 이 세상에서 가장 짧은 거리이지만 많은 이들이 결국은 못해 보는 여행인 "머리에서 가슴으로의 여행"이 우리를 초대한다. 여행을 떠나고 싶은 계절인 가을에 이런 기차여행은 어떨까?

'장애인'이 아닌,
'장애를 가진 사람'

한숙희

　필자가 대학에서 인권과목을 강의하며 시청각자료로서 활용하는 〈여섯 개의 시선〉이라는 인권단편영화 모음 중에 여균동 감독의 〈대륙횡단〉이라는 14분짜리 작품이 있다. 그것은 한 뇌성마비 1급 장애인의 일상적인 삶과 감정의 기록을 짧은 장면들로 구성한 영화인데, 특히 세종로 네 거리를 홀로 무단 횡단하는 마지막 장면은 보는 이의 심금을 울린다.

장애인들이 "우리도 버스를 타고 싶다!"며 버스에 자신들의 휠체어를 쇠사슬로 묶고 절규하는 나라가 얼마나 있을까? 미국의 경우는 그와 정반대임을 우리는 본다. 휠체어 표시가 붙은 버스가 짧은 간격으로 다니며 장애인이 탈 경우엔 버스가 멈추고 기사가 나와 휠체어를 밀어 버스에서 자동으로 내려오는 발판 위로 휠체어를 탑재한 후 안전띠로 매고 버스가 출발한다. 승객들은 어느 누구도 시간이 걸린다 하여 투덜대기는커녕 기사가 제대로 장애인 승객을 대하는지를 지켜본다. 이 장면을 목격하던 필자는 장애인들이 행복한 나라여야 진정으로 문화선진국이자 선진 민주국가라고 생각하곤 했다.

이에 덧붙여, 필자는 인권연대 주최의 2006년 여름 교사인권강좌 자료집에서 접한 장애와인권발바닥행동 활동가 박숙경 씨의 글 "장애를 가진 사람에 대한 이해와 인권"에서 귀중한 깨우침을 얻는다. 장애는 사고나 환경에 의해 후천적으로 발생하는 경우가 90% 이상이라 한다. 한창 잘 나가는 사회지도층 인사들이나 사업가들이 어느 날 갑자기 뇌졸중으로 쓰러지거나 교통사고로 장애인이 되어 고통을 받는 것을 자주 보며 필자는 장애가 참으로 가까이 있는 것임을 절감하곤 한다.

사실, 장애인은 대한민국 인구의 약 10%인 450만 명에 근접한다고 추정된다. 그럼에도 불구하고 우리는 장애인들을 여전히 나오는 '다른' 존재, 더 나아가 나와는 '틀린' 존재로 인식한다. 누구나처럼 장애인도 똑같이 이름을 가진 '사람' 누구누구이며 단지 '장애'를 더 가졌을 뿐임을 잊고, 그저 '장애인'으로만 분류하지는 않나? 말 한 마디, 냉랭한 태도, 차갑거나 동정어린 시선 등에 의해 '특별한 존재'로 취급당하는 것이 가장 견디기 힘든 상처이자 인권침해라고 장애를 가진 사람들은 토로한다.

1999년에 발간된 〈한국장애인인권백서〉를 보면, 우리는 장애인들에게 그들의 처지를 공연히 부각시키거나 그들을 비하하는 말을 사용함으로써 부지불식간에 상처를 주는 언어 폭력을 가하는 경우가 많다. 예를 들면, "장애만 없어도 큰일을 할 수 있었을 텐데…"라는 말이 주는 상처, 신문지상에서 곧잘 접하는 "벙어리 냉가슴 앓기", "절름발이식 국토개발", "장님 코끼리 만지기" 등의 상투적 표현, 텔레비전에서 접하는 "바보" 등 장애를 빗대어 웃음을 만드는 코미디 프로그램 등이 커다란 상처를 준다. 장애인은 '장애인'이라는 말도 듣고 싶지 않을 것이다. 장애인, 장애자, 불구자, 병신, 기형아, 장님, 봉사, 애꾸, 벙어리, 귀머거리 등등의 용어 자체가 곧 인권 침해라는 생각을 해 본 일이 있는가.

더 나아가, 밥 맛 떨어진다고 못 들어오게 하는 식당, 자필 서명을 할 수 없다고 하여 카드 발급을 거절하는 은행, 수화 통역사를 대동하고 오라고 면박을 주는 관공서나 경찰서, 방

한 칸을 얻으려 해도 재수없다고 거절하는 집주인들, 장애인이라고 면접에도 못 오게 항상 서류전형에서부터 낙방시키는 기업들, 가족 중에 장애인이 있다고 하여 혼사가 파혼되는 사례 등, 이런 예는 참으로 다양하고 광범위하다.

반면에, 최근 영어로는 장애인을 "people with different abilities" 혹은 "differently abled"라고 한다. 장애를 "disabled"(능력이 없는)라고 표현하지 않고 (보통 사람은 못하는) "다른 능력을 가진"으로 보는 것이다. 또는 "physically challenged"("신체적으로 어려운 도전을 받고 있는" 그럼에도 잘 극복하고 있는)이라고도 한다. 팔이 없어도 입에 붓을 물어 그림을 그리는 훌륭한 화가들, 휠체어를 타면서도 팔다리 멀쩡한 선수들보다 슛이 정확한 농구선수들을 우리는 본다. 과연 누가 '정상'이고 누가 '비정상'인가. 성한 이들의 편견이 곧 '장애' 아닐까? 그런 성한 이들이 '비정상' 아닐까?

이제 우리는 장애인들에게 부지불식간에 가하는 언어폭력부터 줄여야 하겠다. 예를 들면, 장애인을 명사형으로 고착화하지 않고 그 사람에 대해 설명하는 방식이 훨씬 나을 것이다. 예를 들어, "휠체어 장애인 ○○○ 씨"라는 말보다 "휠체어를 이용하는 ○○○ 씨", '장애인'보다는 '장애를 가진 사람'이 낫다. 그리고 ESCAP(아시아·태평양 경제사회이사회)가 제시한 바 있는 장애인에 대한 정확한 용어 사용 및 인터뷰 지침인 "장애가 이야기에 있어 중요하지 않다면 부각시키지 말라"는 기본 원칙을 지켜야 할 것이다.

그 외에도 우리가 할 수 있는 배려는 쉽고도 많다. 지체장애인들과 만날 약속을 할 때엔 그 건물에 엘리베이터가 있는지 미리 알아볼 것, 시각장애인을 만났을 때엔 먼저 상대방의 손을 이끌어 잡는 방식으로 악수를 할 것, 청각장애인들과 구화로 대화할 때는 일정하고 약간 느린 속도로 바르고 큰 입 모양으로 간략하게 이야기하고 약속시간, 약품명 등은 꼭 글로 써서 대화할 것, 뇌병변 장애라서 손이 불편해 필담을 못하면 휴대폰의 문자로 간단히 소통할 것, 정신지체장애를 가졌다고 무조건 반말을 하거나 어린애 다루듯 하지 말고 "위험하다" 혹은 "귀신들렸다"는 식으로 여기지 않을 것 등은 실천하기 어렵지 않다. 이렇듯 장애를 있는 그대로 인정하고 고유성과 다양성을 인정하는 일은 모두가 함께 사는 일, 곧 '분리'가 아닌 '통합'으로써 인권과 연대를 실천하는 일이다.

서두에서 언급된 〈대륙횡단〉이라는 영화에서 장애인 친구는 주인공과 소주를 마시면서, "아무것도 하려 하지 않는 게 우리의 문제"라고 한다. 그리고는 장애인이동권 쟁취집회에 나가 구속된다. 그 장면을 우연히 텔레비전 뉴스에서 보고 주인공은 죽을 위험도 마다않고 세종로를 가로지르는 '대륙횡단'을 감행한다. 2001년 1월 오이도역 리프트 추락사건 이후

결성된 장애인이동권연대의 활동사례에서 보듯이, 그 이후 장애인 권리의 주체가 장애인 운동의 주체로 나섰고 장애계가 총체적으로 연대하여 장애인차별금지법의 제정을 추진하고 있으며, 최근 UN에서는 국제장애인권리협약의 제정을 추진하고 있다. 이에 우리 모두가 함께 연대해야 하지 않을까? 하여, 한국 사회의 인권수준이, 아직은 휠체어에 의존하는 정도이지만 여느 나라의 경우처럼 버스 정도는 탈 수 있어야 하지 않을까?

'무심한 국민들'이 '희망 가득한 시민들'로 거듭나는 상상

한홍구

"우리나라 사람들은 자기 집 마당은 쓸지언정 동네 골목길은 쓸지 않는다. 바람이 불면 골목길의 쓰레기가 금방 자기 집 대문 앞도 더럽힐 게 자명한데도 그것이 자신과는 상관이 없다고 여긴다. 이 근시안과 이기주의는 공동체에 대한 무관심을 상징한다. 자기 딸의 안전을 위해 정거장까지 마중을 나가는 부모가 성폭력의 방지와 예방을 위해 운동하는 단체에는 냉담하다. 자신의 딸과 아내, 여동생을 위해 평생 그렇게 따라다니며 보호해 줄 작정인가."

시민운동은 어떠한가? "회원이 없고 회비가 없는데 시민단체가 제대로 움직일 리 만무하다. 그러다가 정부로부터 재정지원을 받았다는 것만으로 목소리를 높여 비판한다. 시민단체 활동가들은 이슬을 먹고 살란 말인가." "국민들이 한 푼 두 푼 성금을 내 주어야 하는 게 아닌가." 그렇다면 국민들에게 성명을 내고 문을 닫는 이런 상상은 어떤가. "국민여러분, 저희들은 최선을 다해 이 땅에 부패를 물리치고 정의를 세우려 해 보았습니다. 그러나 정말이지 힘들었습니다. 국민들의 침묵과 무관심에 저희들은 절망했습니다. 이제 저희들은 문을 닫습니다. 국민여러분, 잘 먹고 잘 사십시오." "이런 상상이 현실이 되지 않기 바라며 오늘도 열심히 최선을 다할 뿐이다" (박원순, 『한국의 시민운동—프로크루스테스의 침대』 중에서).

위의 글에 깊이 공감하면서 필자는 수많은 무심한 국민들, 수많은 무임 승차자들, 인권운동을 자기의 이상한 잣대로 재단하는 많은 이들, 그리고 인권운동가들에 대해서도 생각해 보았고, '그만 문 닫는 일'이 현실이 되면 어쩔 것인가라는 걱정도 해 보았다.

우선, 우리 사회엔 공동체에 대해 '절망적으로 무심한 국민들'이 많은 것 같다. 예를 들어, 서울 지역 초등학생의 절반 가까이가 시력이 나쁘고 또 요즘은 책걸상의 높이가 안 맞아 자세가 나빠지면서 걸리게 되는 척추측만증이 많다고 한다. 자기 아이의 시력이상, 척추 이상엔 관심을 가져도 전교생 대상의 척추검사를 교장선생님께 건의하거나 교실의 조명도가 적절한지 테스트를 의뢰하는 부모가 얼마나 있을까? 그것까지는 아니더라도 인권이 무엇이며, 인권운동이 왜 필요한지라도 제대로 이해하는 이들이 얼마나 될까? 인권운동에 대해 그들이 갖다 대는 잣대는 어떤 것일까?

옛날 그리스의 악당 프로크루스테스는 밤길을 지나는 나그네를 집에 초대하여 잠자리를 제공했는데, 그 딱딱하고 얼음같이 차가운 쇠 침대에 나그네를 강제로 묶어 놓고는 몸길이가 침대보다 짧으면 몸길이를 늘여서 죽였고, 몸길이가 침대보다 길면 그 긴만큼을 잘라 죽였다고 한다. 그 침대와 몸길이가 똑같은 사람만이 목숨을 구할 수 있었지만 사실 그런 경우는 거의 없었다.

인권운동의 경우, 그것은 '좌파'들이나 하는 것, 반정부 세력들이나 하던 것, 또는 나랑은 아무런 상관이 없는 것, 그리고 매년 장애인주일 미사 때에 성당에 특별헌금 내는 것은 신자들이 할 몫이고 장애인이동권연대에 후원금을 내는 것은 신자 아닌 일반 시민들의 몫이라는 생각 등은 어떤 잣대에서 나올까? 과거 독재시대에 비해 현재 인권상황이 훨씬 나아지게 된 이유조차 인권운동과는 무관한 것이었다고 생각할지도 모르고, 혹은 "과격한 짓거리 좀 그만들 하라!"면서, 인권운동이 지금도 꼭 필요한 것이냐고 반문할지도 모른다.

이러한 환경 속에서 인권운동가들은 고군분투하고 있다. 뜨거운 열정과 헌신으로 일하면서도 결혼하여 가정을 꾸리면 민생고 문제 때문에 일을 그만 두는 경우가 허다하게 생긴다. 인권운동가는 어쩔 수 없이 혹은 기쁘게 '이슬'을 먹고 살더라도, 그 가족까지 그럴 수는 없기 때문이다. 국민들의 무심이 절망적인 수준이라면, 이제 그만 문을 닫아버리면 어떨까?

1987년 6월항쟁 이후 20년이 지난 시점에서 한국의 시민사회 내의 인권의식에 대한 실망이 '장미꽃을 보고 감격하다가 줄기의 가시를 보면서 갖는 실망'이라면, '가시 돋친 줄기 위에도 장미가 핀다는 사실에 희망'을 갖는 이들은 '절망적으로 무심한 국민들'이 '희망가득 참여하는 시민들'로 거듭나는 상상을 한다. 그리고 장미 줄기의 가시를 세는 것보다 장미 봉오리를 꿈꾸며 움트고 있는 싹을 센다.

필자의 경우, 인권연대 운영위원회에 나갈 때마다 이런 생각을 하게 된다. 매달 회계보고를 접하면 몇 달 밀렸다가 내곤 하는 사무실 임대료까지 감안하면 늘 적자, 인권강좌 열어서 보람 많이 느꼈지만 또 적자, 민생고 문제로 활동가 결원이 생기는 안타까운 상황과 이어지는 새로운 충원도 쉽지 않은 상황, 그리고 숱하게 터지는 인권침해 사건들, 그럼에도 불구하고 후원에 '절망적으로 무심한 국민들', 이 모든 것은 장미 줄기의 가시들에 해당된다.

그러나 더 중요한 것은 그 줄기 위로 장미가 피고 있다는 사실이며, 믿음이다. 이렇듯, 줄기에 싹들이 움트고 있다는 소식도 많이 접한다. 인권강좌를 수료한 이들이 새로이 회원으로 가입했고, 매번 소식지의 활동일지를 꽉 메울 만큼 인권연대는 활동하는 것이 많고 의욕도 아직 충만하다는 사실, 순수하게 인권운동을 해오고 있다는 평판, '인권교육'을 꾸준히 정규적으로 하고 있고 늘 좋은 평을 받고 있는 인권단체로서 인권연대가 거의 유일하다는 사실, 동시에 인권운동의 영역도 넓혀가고 있으며 매년 초엔 하고자 하는 사업계획이 너무 많아 한참을 줄여야 한다는 사실, 작은 단체인 인권연대를 시민사회 곳곳에서 찾고 있다는 사실, 그리고 초심을 잃지 않고 늘 순수하게 인권운동만을 해왔고 늘 그럴 거라는 믿음과 약속, 이런 것들을 열거해 보면, 우리는 장미 줄기에 난 가시의 수를 세는 것이 아니라 봉오리를 꿈꾸며 움트고 있는 싹들을 세고 있는 우리를 발견한다.

많지는 않아도, 매번 인권강좌에 참석하는 시민들을 보며,

그들의 진지한 표정과 인권에 대한 호기심과 목마름을 보며, 우리는 '절망적으로 무심한 국민들'이 '희망 가득한 시민들'로 거듭나는 상상을 하자. "혼자 꾸는 꿈은 꿈에 불과하지만 여럿이 함께 꾸는 꿈은 현실이 된다."고 하지 않던가.

인권의 회복,
사람이 희망이다

하승창

　올해 2007년 10월에 인권 회복 사례 두 가지가 일간지에 보도된 바 있다. 유방암 투병 이후 신체검사에서 2급 장애판정을 받고 강제로 퇴역되었다가 외로운 싸움을 통해 시행규칙의 개정과 복직 가능성을 얻어낸 예비역 중령 피우진 씨의 경우와, 고등학교 재학 당시 '학내 종교의 자유'를 주장하는 시위를 벌이다 제적된 후 퇴학처분 무효소송에서 이겨 학교로 돌아갔던 현재 서울대학생인 강의석 씨가 학교를 상대로 낸 손해배상 청구소송에서도 승소한 사례가 그것이다. 이런 성공 사례는 인권을 생각하고 추구하는 많은 이들에게 기쁨과 보람을 가져다주었다고 생각된다.

이번 사례를 접하며 필자는 인권의 회복에 대한 희망과 그것을 가능케 하는 사람의 외로운 노력, 그리고 희망의 이루어짐에 대해 생각해 본다. 그러면서 필자는 평소 좋아하던 시 구절들과 명언들을 그러한 사례 속에서 새삼 떠올리게 된다. 남들과 다른 의견이라고 여겨져도 굽히지 않는 소신, 그것을 위해 벌이는 외로운 투쟁, 결국은 이루는 꿈, 그리고 우리 모두의 자세로 생각이 이어진다.

우선, 필자는 피 씨와 강 씨가 지녔던 소신과 그것을 위한 외로운 싸움에 대해 생각한다.

피 씨의 경우는 유방암 진단이 나와 절제술을 받은 후 수술 경과가 양호하고 완치 가능성이 90% 이상이며, 그 후 3년간의 체력검사에서 모두 합격 판정을 받았고, 수술로 인해 업무에 지장을 초래하지 않은 점 등을 종합해 볼 때 현역으로 복무하는 데 아무런 장애 사유가 없음을 주장하며 육군본부 전역심사위원회에 인사소청을 냈으나 기각되었다. 그 후, 국방부장관에게 소송을 냈고, 서울행정법원으로부터 "퇴역처분을 취소한다"는 판결을 얻어냈다.

강 씨의 경우는 대광고 3학년 때 "모든 학생은 예외 없이 예배에 참석해야 한다."는 학교방침에 대해 "모든 국민은 종교의 자유를 가진다."(헌법 20조)는 짧고도 또렷한 소신을 주장하며 1인 시위를 벌이다 한 달 만에 제적되었고, 그 후 학교를 상대로 법원에 낸 퇴학처분 무효소송에서 승소했다. 서울대에 진학한 강 씨는 "학교가 종교 행사를 강요해 헌법에 보장된 종교 및 양심의 자유, 행복추구권, 평등권을 침해당했다"고 학교와 서울시에 손해배상청구를 냈고 학교를 상대로 낸 소송에서 또 한 번 승소했다.

이러한 사례는 조각가 로댕이 남긴 말을 떠올리게 한다. "깊고 의연하고 성실하십시오. 여러분이 남들이 생각하는 것과 다른 의견을 가졌더라도 그 발표를 주저하거나 두려워하지 마십시오. 언젠가 그들은 알게 될 것입니다. 한 인간에게 깊은 진실인 것은 만인에게도 진실이기 때문입니다." 위의 두 사례는 한 사람이 지닌 깊은 진실, 그 확고하면서 정의로운 소신은 결국 만인에게도 진실일 수밖에 없음을 보여주는 예일 것이다.

그리고 이런 소신 때문에, 더욱이 한 사람의 의로운 싸움을 너무나 쉽게 무시하는 권력에 의해, 수없이 상처받아도 꿋꿋이 버틴 그 외로운 투쟁, 그리고 절망을 넘어 그들이 지닌 희망에 대해 생각하며 고정희 시인의 시 구절도 떠올리게 된다.

건강함을 증명하고자 해남 땅 끝에서 강원도 고성 통일전망
대까지 피 중령이 벌인 20여 일간의 1인 행군, 그리고 어린 고
등학생이었던 강 군이 서울특별시교육청 정문 앞에서 "헌법
20조 모든 국민은 종교의 자유를 가진다. 그런데 학교에서는
예외다?!"라고 적힌 팻말을 목에 걸고 지속적으로 벌인 1인
시위, 그 하루도 쉽지 않았을, 서럽고 외로웠을 그들의 투쟁
에 대해 숙연히 생각한다.

> 외롭기로 작정하면 어딘들 못 가랴
> 가기로 목숨 걸면 지는 해가 문제랴
>
> 고통과 설움의 땅 훨훨 지나서
> 뿌리 깊은 벌판에 서자
> 두 팔로 막아도 바람은 불 듯
> 영원한 눈물이란 없느니라
> 영원한 비탄이란 없느니라
> 캄캄한 밤이라도 하늘 아래선
> 마주잡을 손 하나 오고 있거니"

〈상한 영혼을 위하여〉

그리고 그러한 꿈은 결국 길이 된다. 박노해 시인이 노래하
듯, "좋은 세상"이 "아직" 오지 않았지만 "우리 속에 이미 와
있는 좋은 삶," "저 아득하고 머언 아직과 이미 사이를" "내가

먼저 좋은 세상을 살아내는" 그들은 "정말 닮고 싶은 좋은 사람 푸른 희망의 사람"이 된다.

> 아직 오지 않은 좋은 세상에 절망할 때
> 우리 속에 이미 와 있는
> 좋은 삶들을 보아
> … (중략) …
> 저 아득하고 머언 아직과 이미 사이를
> 하루하루 성실하게 몸으로 생활로
> 내가 먼저 좋은 세상을 살아내는
> 정말 닮고 싶은 좋은 사람
> 푸른 희망의 사람이어야 해"

〈아직과 이미 사이〉

이제 우리는 그들의 외로운 투쟁에 손잡아 주었어야 할, "캄캄한 밤이라도 하늘 아래"에서 그러한 처지에 있는 이들에게 이제라도 "마주잡을 손"으로 다가가야 할 우리에 대해 생각하자. "어느 한 사람의 인권이 침해되고 있을 때는 우리 모두의 인권도 침해되고 있는 것이다."라고 우리는 생각하는가? 인권을 말함은 인권을 침해당한 이들이 외롭게 당한 억울한 고통이 함께 했어야 할 우리 모두의 고통이었음에 대한 고백이며, "마주잡을 손"으로 다가가고자 연대하겠다는 다짐 아닌가?

인권은 참으로 진실된 소신과 희망이다. 우리 모두가 "깊고 의연하고 성실"하게 추구할 만한 보편적인 가치이며, 세상을 조금이라도 더 살 만한 곳으로 바꿀 수 있게 하는 기준이자 가르침이다. 그리고 인권의 회복은 연대를 필요로 한다. 우리는 서로 서로가 있음에 우리가 있음을 잊지 말아야 한다. 남의 어려움에 대해 두 눈을 감고 온갖 허상을 향해 손짓하는 이 시대에 인권회복을 위해 손잡는 연대만큼 절실히 요청되는 도덕률이 또 있을까? 희망을 갖기에 사람이며, 사람이 있기에 희망이 있다. 그리고 그 희망을 이루게 하는 친구, 곧 연대이다.

자살예방과 인권운동

매년 9월 10일은 국제자살예방협회(IASP)와 세계보건기구(WHO)가 정한 '세계자살예방의 날'이다. 그런 연유로 작년 가을에는 특히 그 즈음해서 자살 관련 언론보도가 유난히 많았다.

통계에 따르면, 한국의 2005년 자살 사망자 수는 인구 10만 명당 26.1명으로 경제협력개발기구(OECD) 29개 회원국 중 자살률 1위이며, 특히 2000년대 들어 급격한 증가세를 보여, 최근 20년간 자살률 증가속도와 노년층 자살률 분야에서도 한국이 각각 1위를 차지했고, 또 회원국들 중에서 유일하게 한국에서만 여성 자살률이 증가추세라고 한다.

한국인의 주요 사망원인 가운데 (암. 뇌혈관 질환. 심장 질환에 이어) 자살이 최근까지 4위를 차지하며, 자살 사망률 증가속도는 최근에 올수록 급증한다. 자살자가 1995년에 4,840명, 2000년에 6,460명이던 것이 2005년에는 12,047명, 즉 5년에 2배 가까이로 증가했다. 반면, 교통사고 사망자는 2000년에 11,844명에서 2005년엔 7,776명으로 34.3% 줄었다. 즉, 2005년 현재, 자살 사망자가 교통사고 사망자의 1.5배인 것이다.

연령별로 보면, 1993년과 비교해서 2005년의 경우, 10대부터 30대까지는 자살 증가율이 2배 미만이다가, 40대와 50대는 2배 내지 2.5배 증가했고, 노년층인 60대 이상의 자살률은 3배 이상 증가, 특히 85세 이상의 자살률이 5.3배로 가장 크게 증가하였다. 아울러, 생산 활동이 가장 왕성한 20대, 30대의 사망원인 1위를 자살이 차지하며, 60세 이상 노인들의 자살률이 전체의 30.3%로, 중년 남성의 자살 사망률 23.8%를 크게 웃돌고 있다. 노년층의 이러한 현상은 전통적으로 노인부양이 거의 전적으로 가족에게 맡겨져 오다가 가족 통합이 약화되면서 그 충격을 노인들이 가장 크게 받기 때문일 것이다.

자살의 원인으로는 염세 비관, 빈곤, 낙망 등의 신변 비관이 2002년엔 전체의 49.4%를 차지했던 것이 2003년 55.6%, 2004년 55.5%로 꾸준히 상승했다(신변 비관, 병고, 치정과 실연, 가정불화 순). 남녀별로는 남자의 자살 사망률이 여자의 자살 사망률보다 약 2배 정도 높았고, 연령별 자살 사망자 수는 한창 일할 중견인 40대가 가장 많았다. 직업별로는, 2003-2006년의 경우, 일반봉급자의 자살이 전체 직업군의 7.3%로 가장 많았고, 농업 종사자가 전체의 6.7%, 노동자가 전체의 6.6%를 차지했다. 자살 사망자 중에서 무직자가 거의 60%에 육박한다. 이러한 자살은 개인 탓이라기보다는 외환위기 이후 악화된 불평등구조 탓이 크다.

염세 비관에 의한 자살은 2005년의 연령별 자살 원인 중에서 압도적으로 많았는데, 20세 이하의 경우가 57.9%로 염세 비관으로 자살하는 생애주기 중 가장 높은 비율을 나타냈고, 그 다음이 21-30세(52.8%)였으며, 나이가 들수록 줄어들었다. 반면, 20세 이하 염세 비관 자살은 2002년 41.9%, 2003년 53.8%, 2004년 56.6%, 2005년 57.9%로 매년 증가했다. 20세 이하의 청소년들이 이 사회의 무엇에 대해 그리도 비관하는지 우리 모두 뼈아프게 성찰해야 할 것이다.

이어, 자살방지 대책으로는

1. 자살에 이르게 할 수 있는 정신질환 조기발견과 치료, 재활체계 등의

정신건강을 위한 사회안전망 구축과 사회적 지원 프로그램 강화

2. 건강한 경제 기반 구축, 사회의 불안정성 감소, 도박과 범죄 등 사회병리 감소를 통한 이기적 자살 방지

3. 어려운 상황에서도 꿋꿋하게 살아갈 수 있는 긍정적인 자아 형성을 위한 가정과 학교의 노력

4. 새로운 삶으로 다시 태어나고 싶은 욕망의 극단적 표현으로서의 자살을 대신할 수 있는 종교 및 문화의 역할 회복, 남겨진 가족에 대한 정신·심리 상담 및 사회적 지원

등이 강조된다.

자살 문제에 대해서는 정부 역시도 보건복지부를 중심으로 종합적인 대책을 모색하고 있다. 자살 시도자가 우울증 같은 정신질환을 앓고 있는 경우가 많고 대부분 저소득층이라는 점을 고려해, 자살을 시도했다가 다친 사람의 치료비를 건강보험에서 지원해 주는 방안, 시민단체와 종교계 등이 함께 참여하는 '생명존중 인식개선 캠페인' 실시, 자살방지 긴급 상담전화 요원 확충, 자살 관련 유해사이트 감독 강화, 농약 농도 하향조정, 건물·다리 등에 자살방지 펜스 설치 의무화, 초·중·고에서의 자살예방교육 확대 등을 포함한 종합대책을 고민 중이다.

미국은 정부 산하 자살예방센터에 매년 100억 원 가량의 예산을 배정하고 있고 일본도 후생노동성이 자살방지를 위한

종합대책을 모색하여 2006년 6월 21일에 자살대책기본법을 제정했다. "자살대책은 자살을 개인적인 문제로만 다룰 것이 아니라 그 배경에 여러 가지 사회적인 요인이 있음을 감안하여" "국가, 지방 공공단체, 의료기관, 사업주, 학교, 자살의 방지 등에 관한 활동을 실시하는 민간단체, 기타, 관계하는 자의 상호 밀접한 제휴 하에 실시되어야 한다."며 국가의 책무, 지방 공공단체의 책무, 사업주의 책무, 국민의 책무 등을 규정하고 있다. 또한 의료 제공 체제의 정비, 자살발생 회피를 위한 체제의 정비, 자살 미수자에 대한 지원, 자살자의 친족 등에 대한 지원, 민간단체의 활동에 대한 지원 등을 강구하도록 했다.

이런 사례들의 영향을 받아 한국의 경우에도 안명옥, 황우여 등의 국회의원 10인이 자살예방법안을 안명옥 의원 대표발의로 2006년 9월 19일에 발의한 바 있었다. 2008년 현재도 아직 의안계류 중인데 올해 4월 안에 통과되지 않으면 다시 발의해야 한다. 한국자살예방협회 등이 수정안을 준비하여 다시 발의를 위해 노력할 예정이며, 정부차원에서도 일본의 사례처럼 이젠 정부가 나서서 자살예방법을 입법화할 가능성도 없지 않다고 한다.

자살예방을 위한 이러한 움직임에 대해 인권단체들도 힘을 보태 주어야 할 것이다. 자살예방은 이젠 국가와 사회가 나

인권으로 희망찾기

서야 할 사안이다. 보건복지부가 '자살예방 5개년 종합대책'을 수립해 몇 년째 추진하고는 있지만 역부족 아닌가? 인권 중에서도 가장 핵심이라 할 생명권을 지키는 일에 인권단체들이 인권의 이름으로 정부 및 국회에 압력을 가하고 시민사회 내에 생명권 의식을 확산시킨다면, 주위의 안타까운 자살이 줄어들 수 있지 않을까. 아울러 자살예방법이 제대로 입법화되고 제도화되는데 꼭 필요한 원동력 내지 추진력을 보태주는 것이 되지 않을까. 5분에 1명씩 자살 시도가 이루어지는 등 그야말로 '자살공화국'이라는 오명을 쓰고 있지만, 자살이 여전히 사회적으로 방치되고 있는 게 지금의 현실이다. 세상에 이것보다 더 급한 '인권 문제'가 또 있을까.

촛불집회, 보수 기독교계,
그리고 정의구현사제단

하수호

　미국산 쇠고기 수입 재협상을 요구하는 촛불집회가 연일 계속되다 최절정에 이른 지난 2008년 6월 28일 오후, 정부는 "심야 불법·폭력 시위를 원천 봉쇄하겠다"는 긴급 대국민담화를 발표하였고 저녁엔 서울시청 앞 광장을 경찰병력으로 에워쌌다. 그리고 6월 29일 새벽 서울 한복판 태평로에서는 "착검한 총만 없을 뿐 1980년 5·18의 광주 모습 그대로"가

재현되었다. 전두환 정권이 1987년 6월항쟁의 결과로 '6 · 29' 선언과 함께 항복한 지 정확히 21년 후였다.

'두 달 가까이 광화문을 무법천지로 만든 시위대'를 비난하는 정부와 '두 달 가까이 외쳤는데도 귀 기울이지 않는 정부의 오만함'에 분노한 시민들의 싸움, "청와대 앞까지 진출하려는 군중을 어떻게 그냥 내버려 둘 수 있겠느냐? 관용도 한계가 있는 것 아니냐?"는 입장과 "오죽하면 청와대까지 가려 하겠는가? 대통령과 대화를 원한다!"는 입장은 서로 정면으로 대립한다. 4 · 19때 경무대로 달려가던 시민들이 지금은 청와대로 달려가려 한다, 혁명보다 소통을 요구하면서.

그러한 정면충돌은 기독교계 안에서도 그대로 재생된다. 한편에서는 사탄을 들먹이며 이명박 대통령을 지켜달라는 기도가, 다른 한편에서는 정의구현사제단(천주교정의구현전국사제단)의 '대통령의 힘과 교만을 탄식함'이라는 제목의 시국미사 강론이 낭독되었다. 둘 다 같은 예수 그리스도를 믿는 종교인들인데 어찌 그리 서로 정반대일까?

촛불집회가 날로 격화되던 지난 2008년 6월 5일 한국기독교100주년기념관에서 열린 기도회에서 청와대 비서관과 보수 기독교계 인사들은 촛불집회에 기름을 끼얹는 발언들을 쏟아냈다. 주부길 청와대 홍보기획비서관은 기도회 축사에서 "사탄의 무리들이 이 땅에 판을 치지 못하도록 함께 기도

해 주시기를 감히 부탁드린다"며, "마치 모든 미국산 쇠고기가 광우병에 걸린 것처럼 순수한 학생에게 촛불을 주고, 마치 이 나라 정부가 미국인이 버리는 것을 국민에게 먹이는 것처럼 호도하고 있는 세력은 거짓으로 이 세상을 움직이고 이 나라를 흔들고 있다"고 했다.

또 김홍도 목사(금란교회)는 "경찰, 검찰, 기무사, 국정원을 동원해 빨갱이들을 잡아들이라!" "그러면 (촛불집회 하는) 그 사람들이 쑥 들어가고 국민들 지지율이 다시 올라간다"고 주장했으며, "지금 이 촛불은 이명박 정권을 전복시키는 것"이라며 "이 대통령에게 지혜와 명철을 주고, 좌파 노릇을 하는 엠비시(MBC), 케이비에스(KBS)를 척결해 달라"고 기도했다 한다.

반면에 어제 사제단은 지난 2005년 평택 대추리 미군기지 확장 반대 때 이후 3년 만에 다시 시국미사에 나섰다. 사제단 주최로 '국민존엄과 국가권력 회개를 촉구하는 시국미사'가 열린 2008년 6월 30일 저녁 7시 30분 서울시청 앞 광장에는 신부와 수녀, 평신도 및 일반시민 1만여 명이 참가하였다. 시국미사가 끝난 후 사제단 200여 명과 시민 8천여 명(경찰 추산. 주최 측 추산으로는 훨씬 많음)은 오후 9시 시청 앞 광장을 출발해 시내 거리를 행진하여 약 1시간여 만에 다시 서울광장으로 돌아왔다.

십자가를 앞세우며 "촛불을 지키는 힘은 비폭력이다. 오늘

비폭력 원칙이 만약 깨지면 촛불은 영영 꺼지는 것"이라며 비폭력 원칙을 강조하며 평화행진을 주도한 사제단은 "국민에게 힘이 되는 시점까지 우리 사제단은 단식을 계속하겠다"며 천막 단식농성에 돌입했다. "천주교 신자가 아닌데도 오늘 신부들이 외치는 비폭력 구호에 많이 공감했다." "비폭력일 때 더 많은 사람이 광장에 모일 수 있다는 것을 보고 감동을 받았다"는 의견이 많았다.

이러한 사제단의 등장으로 그동안 정부와 경찰의 '불법시위 엄단' 방침과 일부 시위대의 과격 폭력이 충돌했던 최근의 촛불집회 양상이 새로운 국면으로 접어든다는 관측이 제기된다. 촛불집회에 종교계가 가담하면서 집회가 비폭력적으로 순화되는 면은 있지만, 그동안 대열에서 이탈되던 일반 시민들이 가세하며 집회가 다시 장기화될 것 같아 검찰과 경찰의 고민은 깊어지고 있다.

설상가상으로 7월 4일에는 실천불교전국승가회 등의 '국민주권 수호와 권력의 참회를 촉구하는 제1차 시국법회'와, 5일에는 한국기독교교회협의회(NCCK)의 '1천인 기독교 합창단' 행사 등 비폭력 평화 기조의 종교계 집회가 잇따라 예정되어 있다. 예상치 않은 복병이 특히 기독교, 더 나아가 범종교계임을 알게 된 개신교 장로 이명박 대통령은 어떤 기도를 할까? 하느님께서도 대략 난감해 하시지 않을까?

정의구현사제단은 "대통령의 힘과 교만을 탄식함"이라는 강론에서 대통령과 정부 각료들 그리고 한나라당의 교만과 무지를 개탄하면서 그들의 '병든 양심'을 '교회의 이름으로' 엄중하게 꾸짖었다. 특히 "국민이 바라는 것은 값싸고 질 좋은 외국 쇠고기가 아니라 모두가 공생 공락하는 드높은 자존감"이라며 "그저 미국에 충성하려 드는 맹목적 사대주의"와 "무엇보다도 돈을 위해 정신의 가치를 값싸게 여기는 정부의 경박한 물신숭배"를 강하게 규탄했다. 아울러 이번 대통령은 혹시 경제문제 해결에라도 도움이 될까 싶어 뽑혔을 뿐이고 국민의 그 기대는 이미 바닥을 치고 있는데, "높이 받들고 깊이 새겨야 할 천심을 폭력으로 억누르는 정부의 교만한 태도는 도저히 용납할 수 없는 일"이라고 목소리를 높였다.

아! 그렇다면, 성서에서 말하는 올바른 통치자의 모습은 어떤 것일까? 그 통치자는 "정의로 나라를" 다스리며, 고관들은 "법대로 나라일을" 본다. 그들은 "바람을 막아 주고 소나기를 긋게 하여 주고 메마른 곳을 적셔 주고 타는 땅에 바위처럼 그늘이 되어 주리라. 민정을 살피는 눈이 어두워지지 아니하고 민원을 듣는 귀가 막히지 않으리라"(이사야 32, 1-3)(공동번역).

그 정반대로, 통치자와 고관들의 민정을 살피는 눈이 어둡고 민원을 듣는 귀가 꽉 막힌, 혹은 특유의 오만함이 그 귀를 꽉 막은 현 상황, 즉 "공권력의 명령이 도덕 질서의 요구나 인간의 기본권 또는 복음의 가르침에 위배될 때" 가톨릭교회는 "국민은 양심에 비추어 그 명령에 따르지 않을 권리가 있고, 그러한 거부와 저항은 도덕 의무이기도 하다. 양심에 따르는 이 거부권은 법 처벌로부터 보호되어야 한다. 곧 통치 행위 또는 공권력의 행사가 실정법에 근거한 것이라도, 그것이 그보다 우위에 있는 자연법의 근본 원리를 위배하는 것이라면, 그러한 공권력 행사에 저항하는 것은 정당하다. 인간의 양심을 저버리도록 강요하거나 인권침해를 양산하는 결과를 가져올 법이나 제도에 대해 침묵하는 것은 그것에 복종하는 것만큼이나 도덕을 거스르는 것"이라고 가르친다. 물론, 비폭력 저항을 강조하면서.

인터넷과 언론의 돌팔매와
연예인의 인권

최근 '국민 탤런트'라는 애칭에 걸맞게 20년간의 연예생활 동안 국민들에게 가까이 다가와 함께 있던 최진실 씨가 자살로 생을 마감하자 참으로 많은 이들이 충격을 받았고 슬퍼하고 있다. 최 씨의 자살 이후 TV에서는 이전 그녀가 출현했던 장면들이 여러 채널에서 회고 형식으로 방영되었는데, 그 중의 하나는 3,000개의 악성 댓글(악플)에 관한 것이었다.

몇 년 전 인터뷰에서 최 씨는 "20대에 데뷔했을 때엔 인터넷이 발달되지 않아 그나마 다행이었다. 그때 만일 지금과 같은 악플을 접했다면 참으로 힘들었을 것이다"라고 했다. 그러면서도, 밤마다 인터넷 댓글을 보려고 하는 자신이 싫으면서도 자꾸 보게 되는데 밤새 악플을 세어보니 3,000개여서 깜짝 놀랐으며 도대체 어떻게 살아야 하는 건지 회의가 생긴다고 했다. 그리고 작년 2007년 1, 2월에 잇따라 자살한 가수 유니와 탤런트 정다빈 등에 대한 애절하고 안타까운 심경을 드러내기도 했다.

그러던 최 씨는 결국 "최 씨가 사채업을 하면서 안재환 씨에게 빌려 준 25억 원을 받아내기 위해 안 씨를 협박해 죽음에 이르게 했다"는 내용의 악성 루머에 의해 목숨을 끊었으며, 심지어는 그 이후에도 "악성 루머가 사실로 확인될 것을 두려워한 나머지 자살한 것은 아니냐?"는 2차 악성루머까지 떠도는 등 한번 퍼진 루머는 악플을 통해 지속적으로 확대 재생산되고 있다.

필자는 최 씨를 경악케 했던 그 3,000개의 악플에 대해 생각해 보며 성서 말씀이 떠올랐다. '요한복음' 8장(공동번역)을 보면 예수께서 간음하다 잡힌 여자를 데리고 나와 돌로 쳐 죽이려는 사람들에게 "너희 중에 누구든지 죄 없는 사람이 먼저 저 여자를 돌로 쳐라" 하시니 나이 많은 사람부터 하나하나씩 모두 가버렸다는 일화가 나온다. 물론 최 씨는 그러한 죄인이 아니었고 비운을 무릅쓰고 삶과 연기에 최선을 다하려 억척스럽게 노력했던 사람이었다. 반면에 악플을 다는 누리꾼들은 죄 없는 여인에게 인터넷 악플 달기라는 돌팔매질을 일삼으면서도 익명성 안에 스스로의 모습을 감추고 죄가 있어도 여전히 그 현장에 자리 잡고 앉아있는 이들이 아닌가 싶다. 악플은 인터넷 돌팔매이며 가공할 만한 위력을 지닌 이 시대의 치명적인 살상무기라 하겠다.

연예인들은 그 살상무기의 가장 쉬운 표적이며, 사냥감이기 쉽다. 영화제 때마다 레드 카펫을 밟고 입장하는 화려한 의상의 배우들, 수많은 팬들의 환호 속에 열창을 다하는 가수들, 그들이 한몸에 받는 '동경'이 동전의 한 면이라면 다른 면은 곧 '질시'가 아닐까. 인간이 지닌 야누스적인 본성은 '동경'과 '질시' 사이를 변덕스럽게 오가며 대중심리 내지 영웅심리에 의해 가히 폭력적이라 할 만큼 한쪽 극단으로 증폭되기도 한다. 아울러 스타를 만든 언론은 그 스타의 사생활 곳곳을 선정적으로 파헤침으로써 시청자들의 호기심을 유혹한다. 그러다 보면 스타들이 결국 언론에 의해 탄생되어 언론에 이용되고 언론에 의해 감시당하다가 결국 언론의 돌팔매에 의해 죽임을 당하는 경우도 생겨나고 있다.

대중들 또한 진지한 대화의 주제가 아닌 심심풀이의 대상으로 흔히 연예인들을 입방아에 올린다. 연예인들의 말실수나 음주운전, 사소한 거짓말 등에 대해서는 매우 냉혹하지만 스스로에 대해서는 매우 관대한 대중들의 이중적이고 위선적인 모습은 약자에게 유달리 냉혹한 우리 사회의 특성과 겹쳐진다. 자신의 삶에서 만족감을 찾지 못하고 좌절과 상대적 박탈감이 많이 쌓인 수많은 이들, 과도한 입시 경쟁에 지친 10대, 제대로 된 직업을 찾지 못한 '88만원 세대', 치열한 생존경쟁에 내몰린 30-40대들은 날마다 컴퓨터 모니터 앞에서 그들의 좌절감을 이들을 속죄양으로 삼아 해소하는 건 아닐까?

한국 사회에서 '배려'와 '연대'의 따뜻한 정을 못 느껴보았을 그들에게 이런 미덕을 찾기란 힘들 것이다. 무차별한 악플의 급속한 증가는 한국 사회의 병리현상의 하나라 할 만하다. 악플 중에 특히 초등학생의 것이라고 보이는 것들도 많다. 초등학생들이 어쩌다 벌써 그렇게 되었나!

이러한 우리 사회엔 연예인들의 인권에 대한 배려가 절실히 요청된다. 대중적 인기에 목숨을 거는 연예인들은 순식간에 사회적으로 매장될 수 있는 참으로 불안한 지위에 있다 할 것이다. 게다가 유명해지기까지 무명의 긴 세월을 겪어야 하는 수많은 연예인들은 불확실한 성공 가능성 앞에서 한두 번씩은 꼭 자살을 생각해 보았다고 한다. 우울증, 인기 하락에 대한 우려, 그리고 장래에 대한 불확실성 때문에 사업에 손대다 결국 사채에 빠져 빚더미에 앉게 되기도 하고, 어렸을 때부터 그 일에만 몰입했기에 인생의 다른 대안 내지 직업에 대한 가능성을 거의 갖지 못하는 경우도 많다.

악플에 시달리는 연예인들은 불신감과 피해의식에 사로잡혀 대중뿐만 아니라 제작진들까지 두려워하기도 한다. 이렇게 쉽게 우울증에 빠져 벗어나지 못하는 연예인들은 정신과 치료를 받고자 해도 혹시 엉뚱하게 퍼져나갈 소문이 두려워 치료조차 포기하는 경우가 많다고 한다.

자살 후에도 연예인들은 그의 자살이 '모방자살'을 일으켰다는 비난을 받게 된다. 그 '베르테르 효과'는 그 연예인을 따라 죽는 이들과 언론의 보도 태도 탓임에도 불구하고 이미 고인이 된 연예인들을 또 한번 욕되게 한다. 최 씨의 경우 특히 『중앙일보』는 10월 2일자 인터넷판 기사에서 "자택 욕실 샤워부스에서 압박붕대로 목을 매고 숨진 채 발견됨"이라고 구체적인 자살 사망 방법을 묘사했고, 더 나아가 "압박붕대는 일반 시중 약국에서 쉽게 구할 수 있다"며 "3m짜리가 4만~7만 원 정도"라고 하여 '사망 도구'의 구입 방법까지 안내했다. 이로 인해 벌어진 몇 차례의 '모방 자살'까지도 이미 고인이 된 이 탓이란 말인가?

2004년 복지부와 자살예방협회, 한국기자협회가 공동으로 발표한 '자살보도 가이드라인'만 지켜졌어도 모방 자살 가운데 많은 경우를 줄일 수 있었을 것이다. 당시 가이드라인은 자살 방법을 자세히 묘사하거나 충분하지 않은 정보로 자살 동기를 판단·단정하지 말고, 흥미를 유발하거나 속보 및 특종 경쟁의 수단으로 삼지 말자는 등의 내용을 담았다.

밝은 미소로 우리와 늘 같이 있었던 '국민 탤런트' 최진실 씨가 우리에게 남긴 유언이 있다면, 심심풀이 삼아 던지는 돌멩이 하나에 치명상을 입는 연예인들, 겉으로는 화려해 보이지만 속으로는 더 쉽게 상처를 입고 더 큰 외로움을 느끼는 이런 연예인들이 곧 우리 사회의 약자, 모습만 화려한 '사회적 약자'이기도 함을 잊지 말아달라는 것이 아닐까. 정말로 좋아하는 스타라면 제발 그들의 '인권'도 존중해 달라는 것 아닐까?

'체벌'을 부끄러워해야 '교육', '강제진압'을 부끄러워해야 '법치'

한승헌

필자가 교육대학원에서 강의하는 '인권과 교육' 과목에서 꼭 등장하는 단골 주제 중의 하나인 '체벌'은 인권과 늘 부딪히면서도 뾰족한 해결이 아직 제시되지 않는 문제이다. 요즈음의 용산 참사를 보며 필자는 '교육'을 위해서 '체벌'은 불가피하다는 논리와 '법치'를 위해서는 '강제진압'이 불가피하다는 논리가 묘하게 상통한다 싶어, 서글픈 생각이 먼저 들고,

‘교육’을 담당하는 이들과 ‘공권력’을 투입하는 이들의 그런 논리가 참으로 미워진다. ‘논리’가 밉지 ‘사람’이 미운 게 아니라면 말이다.

우선, 정부는 최근 용산 참사를 자초한 ‘강제진압’에 대해서는 한 마디의 사과도 없이, 국민의 정당한 요구와 생명마저 빼앗으며 이를 법·질서·공권력의 이름으로 정당화하면서, 이에 항의하는 연대를 외부세력, 테러집단, 좌파로 규정하고 추모집회까지 끝까지 추적하여 주동세력을 뿌리 뽑겠다고 전열을 다지고 있다.

이러한 적반하장의 발상이 나온 이유는 무엇일까? 현재 검찰, 경찰, 그리고 청와대에서 지휘권을 행사하는 40대에서 60대에 이르는 이들이 청소년 시절, 곧 군부독재시기에 받은 교육, 즉 국가안보·반공·경제발전 이데올로기로써 온 국민을 세뇌하고 통제했던 그런 교육 탓 아닐까? 그리고 시위세력 진압에 꽤나 자주 동원되면서 막강한 위용을 과시하던 군대의 논리, 즉 아군 아니면 적군이라는 이분법, “시위 세력의 배후엔 분명히 불순 세력이 도사리고 있다”라는 근거 없는 확신, “안 되면 되게 하라!”라는 식의 막무가내 명령, “초전박살!”을 구호로 외치며 속도전을 강조하던 작전, 그리고 제대하고도 대부분의 한국 남성들의 뇌리와 감수성과 의식구조 깊숙이 남아있는 그런 군사문화 탓 아닐까?

법치주의의 근본은 국민의 기본권 보장이며 그것을 위해 통치자는 자의적으로 권력을 행사해선 안 되고 법이 정하는 바에 의해 견제와 제한을 받아야 한다는 것일진대, 그것에 대해 무지하거나 잘못 배웠기에 이번 강제진압으로 가난하고 불쌍한 철거민들의 목숨을 빼앗고도 정부와 검찰, 경찰은 전혀 부끄러워하지도 않고 있다. 오히려 승승장구하며 국민들에게 "할 테면 해 보라! 한번 끝까지 가보자!"라고 하고 있는 것 같다.

한편, 학생들이 등교하는 학교 정문에는 여전히 복장위반 혹은 지각에 대한 '응분의 대가'로 기합과 체벌이 행해지고 있다. "선생님에게서 맞는 것은 부모님에게서 맞는 것처럼 구타가 아니라 사랑의 매이다."라는 훈육 이데올로기가 계속 주입되며, 일류대 입학을 위해서는 행복추구권, 신체의 자유, 휴식의 권리 등의 기본적 인권을 유보할 수밖에 없다며, 학생들을 인권의 주체가 아니라 훈육의 대상으로만 여기고 있다. '입시독재'라고 해야 하나?

필자의 수업을 듣는 교사들은 체벌문제에 대해 공통적으로 고민들을 하고 있다. "꽃으로도 아이들을 때리지 마라"고 하지만 한국 교육현장에선 체벌이 불가피하다고 하면서도, 모두들 체벌이 아닌 대안을 찾고자 노력한다. 이젠 학생이 맞는 게 아니라 교사가 때로는 학부모에게, 심지어는 학생에 의해

인권으로 희망찾기

구타당하고 있으며, 체벌을 안 하려고 교사가 노력하면 오히려 학생들이 "쟤는 좀 맞아야 하지 않나요?"라고 반문하고, 잘못을 저질러서 꾸중 듣는 학생들은 "알았으니까 빨리 때리세요" 아니면 "벌점 먹느니 차라리 맞을래요"라고 오히려 체벌을 재촉하기도 한다고 전한다.

그러면 체벌의 대안은 없는가? 교사들은 교실 청소, 화장실 청소, 혹은 영어 시 구절 외워오기 내지는 한국 시 몇 편 외우기 등을 대안으로 시도한 경험을 말한다. 그런 것들도 좋겠지만, 필자가 생각하기에 그래도 가장 좋은 대안은 학부 인권수업 도중에 어느 학생에게서 들은 것이었다. 그 학생의 경험담인즉슨, 고교 시절에 잘못했다 하여 교무실에 불려가게 되면 담임교사는 그 학생에게 아무 꾸중도 않고 그냥 차 한 잔 같이 마시기만 했고, 또 불려가게 되면 그 주말엔 그 학생과 함께 등산을 가서 역시 꾸중과는 무관하게 인간적이고 정겨운 얘기들만을 나누었다 한다. 그 후 그 학생은 다시는 문제를 일으키지 않게 되었다는 얘기였다.

학생에 대한 '믿음'과 교사와 학생 사이의 '소통'이 그 학생을 바꾸었고 믿음을 주면 학생은 최선을 다해 좋은 결과로써 보답한다는 것, 그리고 학생과 소통하고자 할 때 그 학생은 비로소 스스로가 인권의 주체로 대우 받음을 느끼며 긍정적인 방향으로 변화하게 된다는 것, 더 나아가 교사에 대해 마음 깊이 감사와 존경을 갖게 된다는 것을 새삼 깨닫게 한다.

어린 시절에 보았던 영화 '벤허'의 그 유명한 전차 경주 장면이 떠오른다. 네 필의 백마가 끄는 전차를 채찍 없이 달리게 하는 벤허가 네 필의 흑마가 끄는 전차를 고성능 채찍으로 사정없이 내리쳐서 질주하게 하는 적장과의 결전을 앞둔 전날 밤, 그는 마구간으로 찾아가 말들을 가만히 쓰다듬는다. 아마도 "너희를 믿는다, 너희를 사랑한다!"라고 속삭였을 것이다. 그 다음 날, 벤허와 네 필의 백마는 가혹하게 채찍을 맞으며 분을 못 이겨 악에 북받쳐 질주하는 흑마들과 벤허의 전차를 부수려 반칙을 도모하는 적장을 결국 이긴다. '믿음'과 '소통'이 '체벌'보다 훨씬 낫고 위대함을 웅변적으로 보여준다는 생각이 지금 새삼스레 든다.

아울러 필자는 오래 전 '모래시계'라는 TV드라마에서의 장면과 대사도 잊혀지지 않는다. 사법고시를 치르겠다고 내려온 아들(박상원 분)에게 "넌 잘 할 거야. 내가 알아."라고 격려하던 그 아버지의 그 말씀은 아들을 훌륭한 검사로 키워준 명언이었다.

교육현장에 만연한 "맞아도 싸! 맞아야 싸!"라는 식의 체벌문화, "학생이 무슨 인권? 인권타령은 명문대 들어가서나 해!"라는 식의 입시 풍토, 성적 떨어져서 유서 쓰고 자살하는 초등학생이 생겨나는 교육, 철거민들이 불에 타 죽어나가도 끄

떡없이 몰아붙이는 공권력 투입과 재개발 정책, 이런 교육은 이미 교육이 아니며, 이런 공권력은 이미 공권력이 아니다. '체벌'이 아직 행해지는 것을 국민 앞에, 학생 앞에 부끄러워하는 그런 '교육'과, '강제진압'이 아직 벌어지는 것을 국민 앞에, 철거민 앞에 부끄러워하는 그런 '법치'를 제발, 제발 보고 싶다. 그리고 '교육'과 '법치'를 바로잡고자 투신하는 이들과 함께 외치고 싶다, "할 테면 해 보라! 한번 끝까지 가보자!"라고.

인권생각

'본'과 '돈'의 혼돈, 그리고 인문학

37살에 대기업 부장이 된 친구는 1억 원 연봉계약을 마친 날 자랑스레 저녁을 샀다. 서울 강남의 집은 나날이 가격이 오르고 있었고, 맏딸은 전국 단위 영어경시대회에서 메달을 땄다고 했다. 입가에는 웃음이 떠나지 않았다. 그러나 단둘이 앉은 3차의 호프집에서, 그는 축축한 눈으로 이렇게 물었다. "근데, 산다는 게 뭐냐? 내가 왜 사는지를 모르겠다. 돈을 위해서? 딸을 위해서?" 말을 마친 그는 급하게 취해갔다.

이 글은 "CEO가 인문학에 빠진 날"이라는 제목의 어느 잡지(2009년 4월 20일자)의 첫 부분이다. '돈'만 추구하다가 '혼'을 잃는 건 아닌가 싶은 두려움과 '잘 나가는 삶'의 척박함, 그런 깨달음이 시작되는 순간이다 싶다.

이 기사를 보며 대학 시절에 필자의 친구들이 나누었던 대화가 떠올랐다. 당시에 참으로 잘 나가던 신문방송학과 학생인 친구가 철학과 학생인 다른 친구에게 "넌 왜 철학과를 택했니?"라고 묻자 들려온 답인즉슨, "넌 왜 사니?"였다. 이삼십 년이 지난 지금의 대학에서도 문학, 사학, 철학(문·사·철)로 대표되는 인문학 과목들은 학생 수가 아주 적거나 폐강이 속출하는 반면, 경영학 과목들은 200명 가까운 대형 강의가 늘고 있다.

우리 사회는 기업이 지배하는, 기업 중심 사회로 들어선 지 이미 오래이며, 기업 중심의 경제정책과 기업문화는 대중들의 민생고와 의식구조 뿐 아니라 대학 교육까지 흔들고 있다. 대학 교육이 지녀야 할 '혼'과 대학 교육의 뒤를 받치는 '돈'이 혼돈되고 있는 형국이다. 대학 고유의 교육이념과 교육 철학에 대한 이해가 턱없이 부족한 재계 인물이 대학총장으로 영입되어 기업식으로 효율을 강조하고, 기업이 요구하는 맞춤형 인재양성을 목표로 해야 대학이 경쟁력이 있다는 식의 척박한 혹은 천박한 철학을 내세우고 있다.

헤르만 헤세, 생텍쥐페리 등의 작품이 젊은 가슴들에게 희망과 삶의 의미를 잔잔히 전해 주던 시절에는 적어도 '돈'이 전부는 아니었다. '혼'이 있었고, 배움과 깨우침이 있었고, 스승이 있었다. 민주주의에 대한 '타는 목마름'도 있었다. 그러나 지금은? '혼'에 대한 목마름이라도 있는가?

사실상 보수와 극우만을 대표하는 정치적 대표체제 속에서 서민과 노동계급의 이익 및 요구는 대표되지 못하고 좌절될 뿐이며, 노동을 천대하는 사회분위기가 만들어져, 부동산 투기나 재테크, 펀드 관리와 같은 생산적 노동을 동반하지 않는 그야말로 돈벌이 그 자체에 우리 사회가 열병처럼 휘말리게 된다. 이런 가운데 무엇이 '정의'이며 무엇에 저항할 것인가 하는, 1980년대 민주화운동이 제기한 문제의식과 '사회정의' 관련 문제의식은 찾아보기 힘들어지며, '효율성'이라는 '무규범적 기술합리성의 논리'가 사회 지도층 및 정치인의 언어를 지배한다.

아울러 이른바 '명품'에 대한 맹목적 선호, 외모지상주의가 처절한 생존경쟁, 출세경쟁과 함께 두드러지며, "부자 되세요"라는 터무니없는 인사가 유행한다. 이러한 사회에서 인간 내면은 돌본 지 이미 오래되어 극도로 황폐하다. 아울러 대학 사회는 더 이상 비판적 지성의 터전이 아니라 사회입시 학원 같이 변했고, 지식인들, 학자들 중에서 안락한 보수주의에 빠져 있지 않은 참여적 지성인은 별로 보이지 않는다. 어느 진보적인 원로 정치학자가 이렇게 한탄하는 우리 사회에도 희망이 있을까?

다시 이 글의 첫 부분에서 언급한 인문학 강좌로 되돌아가 보자. 중견기업의 대표이사, 대기업·중견기업의 임원·간부, 현직 판사, 병원장 등이 서울대 인문대학의 미래지도자 인문학 과정에 모여 스스로에게 '왜 살까?' 질문하며 이제라도 '잘 먹고 잘 살자'가 아닌 '제대로 살자'고 스스로에게 외치는 자리가 이번 달에 시작되어 성황리에 열리고 있다는 그 기사에 따르면, "술과 골프, 부동산 이야기를 바꾸고 싶었다" "정신적 삶이 없으니 가난하다"며 인간이 빵만으로는 살 수가 없음을 새삼 느끼기에 지금껏 돈 안 되는 공부라서 쓸 데 없다고만 여겨진 인문학이 바야흐로 성황을 이루는 거란다.

커다란 조직이나 기업일수록, 그리고 최고위 의사결정권자일수록 최종 결정을 내려야 할 순간엔 외롭고 두렵기조차 하며, 그러한 결정을 좌우하는 것, 혹은 좌우해야 하는 것은 경영학적인 지식이 아니라 그 사람의 가치관, 세계관, 인생관, 인간관, 혹은 이념, 신념, 신앙이라 한다. 그래서 세계적 기업의 성공한 CEO들 중에는 경영학 전공자보다 인문학 내지 사회과학 전공자가 더 많다고 한다.

위의 기사는 '가난한 자들을 위한 인문학 강의'라는 별칭을 갖고 있는 '클레멘트 코스'의 유래도 우리에게 알려주고 있다. "미국의 언론인 얼 쇼리스가 지난 1995년 뉴욕의 한 교도소에서 20대 초반의 한 여 죄수를 인터뷰했을 때의 일이다. 살인혐의로 8년째 복역중이던 여 죄수는 '사람들이 왜 가난하다고 생각하느냐'는 질문에 '시내 중심가 사람들이 누리고 있는 정신적 삶이 없기 때문'이라고 답했다. '정신적 삶이 뭐냐'고 되묻는 질문에 그녀는 '극장과 연주회, 박물관, 강연 같은 거죠. 그냥 인문학이오'라고 답했다. 그 말에 깨달음을 얻는 얼 쇼리스는 곧바로 뉴욕의 노숙자와 알코올 중독자들을 위한 인문학 강의를 시작했다." "클레멘트 코스의 첫 수료자 17명 중 2명이 의사, 1명은 간호사가 됐다. 그들은 그렇게 삶을 되찾았다"고 한다. 인권연대도 이러한 소신을 갖고 재소자 대상의 인문학 강좌를 열어오고 있으며 좋은 반응을 얻고 있다.

이렇듯 인문학은 사람을 되살린다. '고기를 잡아주는 것'이 아니라 '고기 잡는 법을 가르치는 것'이 교육이라지만, 더 나은 교육은 학생들로 하여금 '바다를 사랑하게 만드는 것'이라 한다. 각자가 자기의 인생을 사랑하고 '삶'이라는 큰 바다를 아직 항해할 수 있음을 고마워하게 된다면, 그리고 정신적 세계에서 맛보는 기쁨과 재미가 얼마나 쏠쏠한지 깨달아 퇴근 후에 종종 서점을 들르는 게 일과가 된다면, 자기의 '혼'과 자주 만나 친해지리라. 극도로 황폐해진 마음에 물을 대기 시작하리라.

　'정신'이 황폐해진 자는 '인권'을 알 수도 존중할 수도 없다. 현 시기에 더욱 척박해진 인권 현실은 이 시대 지도층 인사들의 '정신적 황폐'에 연유하는 바 크다. 이 글 맨 앞처럼, 그들이 축축한 눈으로 "근데, 정치인이라는 게, 사업가라는 게, 가방 끈 길다는 게 다 뭐냐? 내가 왜 사는지를 모르겠다"며 급하게 술에라도 취해갔으면 좋겠다. 그러한 인문학적 목마름과 방황을 거쳐 풍요로워진 정신 속에서 '인간'이 왜 그리 귀한 것인지, 왜 '인간'이 곧 '하늘'인지 새로이 터득하길 기대한다. 자, 건배!

인권생각

'이슬비'가 '물대포'를 이기리라

인권연대 주최 이번 교사인권강좌에서 강의를 마친 후 필자는 "이명박 정부의 교육정책에 맞서 어떻게 대처해야 할 것인가요?" "인권교육이라는 것이 말은 그렇지만 과연 실제로 얼마나 실행되고 확산될 수 있을까요?" "어떻게라도 좀 강하게 맞서야 하지 않을까요?"라는 취지의 질문을 받았었다.

그때 필자는 선뜻, "이대로 가다가 교육은 결국 바닥을 칠 것입니다. 그리고 나면 더 나아질 수밖에 없을 겁니다." "경찰이 쏘아 대는 물대포와는 상대가 안 될 것같이 보이지만, 언제 젖는지도 모르게 온몸을 젖게 만드는 이슬비, 그런 이슬비가 결국 물대포보다 강하지 않을까요?"라고 답했었다. 이어서 "도종환 시인의 〈담쟁이〉라는 시처럼 담쟁이들은 손에 손을 맞잡고 결국은 그 담을 넘지 않겠어요?"라고도 했다.

그 후 필자는 "그 답이 과연 충분한 답이었을까?"라는 생각을 해 본다. 그 "바닥을 치는 것이 희망이기도 한 이유"와 "이슬비가 물대포보다 강한 이치"에 대해 함께 생각해 보고 싶다.

악화일로의 경제상황에 대한 뉴스를 접하면서 우리는 가끔씩 "바닥을 쳤다"는 말을 듣곤 하는데 우리는 그 말을 "이젠 더 나빠질 리는 없으니 조금이라도 좋아질 것"이라는 뜻으로 알아듣는다. 또한 살아오면서 가끔씩 끝 모를 절망이나 실패 혹은 슬럼프에 빠져들게 되면 우리는 "차라리 바닥을 빨리 쳤으면 좋겠다. 바닥을 치면 그땐 올라가는 일만 남지 않겠냐?"라고 생각한다.

정호승 시인은 〈바닥에 대하여〉라는 시에서

바닥은 보이지 않지만
그냥 바닥까지 걸어가는 것이라고

바닥까지 걸어가야만
다시 돌아올 수 있다고
…(중략)…
발이 닿지 않아도
그냥 바닥을 딛고 일어서는 것이라고

바닥의 바닥까지 갔다가
돌아온 사람들도 말한다
더 이상 바닥은 없다고
바닥은 없기 때문에 있는 것이라고
보이지 않기 때문에 보이는 것이라고
그냥 딛고 일어서는 것이라고

하며 그 시를 끝맺는다.

필자가 여기서 이해하는 '바닥까지 내려감'은 곧 '희망'이다. 새벽동이 트기 직전이 가장 어둡다면, 가장 어두운 순간 바로 다음엔 곧 빛이 터져 나오는 거 아닌가? 역대 정권들이 하나같이 교육의 정상화를 위해 수많은 조치들을 발표하고 시행해오고 있지만 교육을 물속에 점점 깊이 빠뜨려 왔다면, 곧 '바닥'을 칠 것이고, 그리고는 수면 위를 향해 올라갈 차례 아닐까? 인권을 무시하여 교육을 물속에 빠뜨렸다면 인권을 존중하는 방향, 인권이 교문을 넘어 학교 안에 확산되게 하는 방향이 곧 수면 위로의 방향일 것이다.

걸상과 허리가 맞지 않아 걸상에 허리를 맞추다가 수많은 학생들이 걸리게 되는 척추측만증, 학생이 안경 쓰는 것은 이미 당연한 것처럼 여겨지게 된 안타까운 시력 희생, 초등학생에게까지도 성적이 떨어진 것을 유서 쓰고 투신할 만큼의 불효로 여기게 만드는 교육풍토와 가정교육, 명문대 합격을 위해 인권을 유보함은 당연하다는 식의 '입시독재' 논리…. 더 이상은 내려갈 곳이 없음이 모두에게 자명해지고 있지 않은가? 하여, 교육은 이제 곧, 드디어, 바닥을 치고 오른다! 이것을 "바닥을 치는 것이 희망이기도 한 이유"라고 보는 것은 좀 궁색한가?

"약한 것이 강한 것을 이긴다."는 말도 우리는 가끔씩 듣는다. 필자는 문득, "무엇이 약한 것인가? 왜 약하다고 하는가? 약하게 보이지만 실제로는 강하기에 강한 것을 이기는 것 아닌가?"라는 생각도 하게 된다.

오래 전에 읽었던 칼릴 지브란의 『예언자』에도 비슷한 내용이 있었다. 그 글을 풀어쓰자면, "사람의 숨은 약하기 짝이 없으나 갈비뼈를 들어 올리고 내리는 것은 바로 그 약하기 짝이 없는 숨 아닌가?" 예전에 읽었던 법정 스님의 『무소유』의 글도 풀어쓰자면, "눈 오는 겨울 산에서 살면 흔히 나무들이 부러지는 소리를 듣게 된다. 그 약하고 약한 눈송이들이 큰 가지들 위에 점점 쌓이면 그 무게를 못 이겨 키 큰 나무들이

통째로 부러진다."는 내용이었다. 그렇다면 '물대포'와 '이슬
비'는 어떤가?

'물대포'로 비유되기엔 약할 만큼 이명박 정부의 공권력 남
용 및 과잉진압은 많은 경우에 인명 피해로 이어지곤 한다.
작년의 촛불집회, 올해 초의 용산 참사, 그리고 현재 진행중
인 쌍용자동차 사태에 이르도록, 최루액과 경찰특공대 등을
갖춘 공권력은 이미 허용 정도를 넘어 정당성을 상실한 폭력
으로 바뀌고 있다. 그런 가운데, 지난 7월 6일 천주교 마산교
구 상남동 성당에서 제3차 전국사제시국기도회가 열렸다. 미
사에 앞서 행한 연설에서 강기갑 의원(민주노동당)은 "박정희 대
통령은 부마사태와 YH사건, 전두환은 박종철의 죽음 등을
겪으면서 무너졌는데, 정의구현사제단이 고문치사 은폐조작
사건을 폭로하면서 6월항쟁이 시작되었듯이, 이명박 정권은
새벽에 6명을 불태워 죽이고서 3,000쪽의 조사기록을 밝히지
않으니 말로가 뻔하다."고 말하면서 용산 참사 진상규명을
요구했다. 박종철 고문치사 사건 은폐와 3,000쪽의 검찰조사
기록 은폐가 묘하게 대응된다 싶다.

'민주주의 회복과 인권·생명수호를 위해' 봉헌되는 미사,
수많은 사제들과 신자들의 동참, 용산 참사 유가족들이 갖게
되는 정의와 희망의 연대감, 참사 후 반 년이 지나도록 장례
마저 못 치르고 있는 현실 속에서 신자, 비신자를 떠나 사람

마음 안에 자리잡게 되는 정부에 대한 실망과 분노, 그리고 스스로에 대한 양심의 가책, 그러면서 서서히 배우지만 절실히 깨닫게 되는 '인권'의 소중함과 불가양도성, 민주주의에 대한 상실감과 목마름…. 이런 모든 것들은 당장의 위력으로는 '물대포'에 비견할 수는 없겠지만, 서서히 결국은 모두를 똑같이 적시는, 흔히 우산까지는 필요 없다고 생각하지만 홀딱 젖게 하는, '이슬비'에 비유될 수 있을 것이다.

하여, 우리에게 남게 되는 것은 결국은 '희망'이다. '바닥'은 끝 모를 끝이 아니다. 시작일 뿐이다. 강하게 차고 오를수록 상승의 탄력이 붙을 것이다. 그리고 '이슬비'는 '물대포'를 이기리라. 결국엔 '물대포'를 쏘는 발사체인 대포도 녹슬게 만들리라. 약한 것은 약하지 않다. 약하게 보일 뿐이다. 칼릴 지브란의 말처럼 "갈비뼈를 움직이는 것이 숨"이라면, 국가의 갈비뼈를 들어 올렸다가 내려놓으면서 정상적으로 작동하게 하는 것은 국가가 강하게 훈련시킨 근육이 아니라 우리 시민들의 올곧은 '숨', 곧 혼과 의지와 꿈, 시민의식, 특히 인권의식 아닐까? 이것이 약할까?

갈매기의 꿈,
독수리의 삶

하창완

　대학 시절부터 지금껏 가슴에 담고 사는 책 중에 리처드 바크의 『갈매기의 꿈』이 있습니다. 그리고, 전에 들었지만 참 좋은 이야기여서인지 여기저기서 다시 듣게 되는 이야기 중에 '독수리 이야기'가 있습니다. 이 두 가지 '새 이야기'는 늘 우리가 지녀야 할 꿈과 삶에 대해 성찰하도록 하는 것 같아 올해의 끝자락에 여러분과 성찰을 나누고 싶습니다.

'조나단 리빙스턴 시걸'이라는 갈매기가 있었는데 그 갈매기는 다른 갈매기들이 깊은 잠에 빠져있을 때 혼자 일어나 깊은 밤바다 높은 상공에서 수직 하강을 연습합니다. 몇 백 번을 반복 연습하다가 실수도 자주하여 날개가 찢기기도 하지만, '조나단'은 다친 곳이 아물기만 하면 다시금 깜깜한 바다 위로 날아가 연습에 몰두합니다. 높이 날아오르는 것뿐 아니라 멀리 나는 것도 좋아해서 먼 바다에 홀로 갔다 오기도 합니다. 갈매기는 큰 바다를 날아다니는 새 중의 새여야 한다고 믿는 '조나단'은 부두의 쓰레기 더미에 떼로 몰려 음식 쓰레기를 골라 배를 채우는 숱한 갈매기들에게 먼 바다 얘기를 해주고 갈매기답게 높이 날아다니는 삶에 대해 이야기를 해 주곤 합니다.

그러다 어느 날, 갈매기 마을에 회의가 열리고 '조나단'은 위험한 존재로 낙인이 찍혀 추방당하고 맙니다. '조나단'이 추방당한 곳으로 그의 친구 갈매기가 찾아와 함께 하는 장면으로 이야기는 끝이 납니다. "가장 높이 나는 갈매기가 가장 멀리 본다."라는 말이 오래오래 가슴에 남는 그런 책입니다.

그런데, 인간 세상도 부두의 쓰레기 더미에서 먹을 것을 쉽게 찾으며 바다 위를 날아 용맹스럽고 치열하게 물고기를 사냥하는 갈매기다움을 잊고 또 잊고 사는 부류와 '조나단'과 같은 훨씬 적은 수의 부류로 구성되어 있지 않나요? '높이 날기 싫은 갈매기들'과 '높이, 가장 높이 날고 싶어 하는 갈매기들' 중에 여러분은 어느 쪽인지요? 혹은 이제라도 선택을 다시하고 싶지는 않는지요?

이젠 '독수리 이야기' 차례입니다. 독수리는 70년까지 살 수 있답니다. 그러나 70년을 살려면 40살 정도 이르렀을 때엔 신중하고도 어려운 결정을 해야만 한다고 합니다. 왜냐하면 이즈음이 되면 발톱이 안으로 굽어진 채 굳어져 먹이를 잡기조차 어려워지고, 길고 휘어진 부리는 독수리의 가슴 쪽으로 구부러졌으며, 날개는 약해지고 무거워지고 깃털들은 두꺼워져서 날아다니기조차 어렵게 되기 때문이라고 합니다. 이제 독수리는 그대로 몇 년 더 살다 죽든지, 아니면 고통스러운 혁신의 과정을 통하여 완전히 새롭게 거듭나든지, 그 둘 중의 하나를 선택해야 합니다.

그대로 죽지 않고 환골탈태(換骨奪胎)하려면 그 독수리는 무려 5개월 동안 산꼭대기 절벽 끝에 둥지를 틀고 전혀 날지 않고 둥지 안에 머물러 있어야만 합니다. 이 기간 동안 독수리는 자신의 부리가 없어질 때까지 바위에 대고 사정없이 내리치고, 새로운 부리가 나올 때까지 오랜 시간을 기다려 부리가 새로 자라게 되면, 이번에는 그 부리를 가지고 발톱을 하나하나 뽑아낸다고 합니다. 발톱이 새로 나서 다 자라나면 이번에는 낡은 깃털을 다 뽑아낸다고 합니다. 그렇게 하면서 5개월

이 지나면 그 독수리는 새로운 부리, 새로운 발톱, 새로운 깃털을 갖고 새로이 비행하며, 이후 생명을 30년 연장할 수 있게 된다는 이야기입니다.

이 두 가지의 '새 이야기'는 (정치권은 물론이거니와) 우리 시민들을 위한 성찰 자료이기도 합니다. 1948년 제1공화국부터 약 40년 후인 1987년에 이르기까지 한국의 시민사회는 독수리처럼 "그대로 죽든지, 아니면 고통스러운 혁신의 과정을 통하여 완전히 새롭게 거듭나든지, 그 둘 중의 하나를 선택"해야 했고 그 선택의 결과가 '6월항쟁'이자 민주화였다면, 그 1987년부터 20년이 좀 넘는 지금 우리는 다시금 그러한 선택을 해야 하지 않나 싶습니다. 세월이 워낙 빠르고 세상이 워낙 빨리 변하니까 40년 주기가 이젠 절반인 20년 주기로 단축되지 않았나 싶기도 하구요.

돌이켜보건대, 1987년 당시 우리 시민사회는 독수리처럼 절벽 끝 둥지 안에 오랫동안 머물며 수행하는 환골탈태의 고통을 이미 오랫동안, 그 오랜 독재정권 시기 동안, 지내온 직후였으며 '민주화'라는 극적인 변화에 대한 '타는 목마름'과 범국민적인 공감대가 있었지만, 그 이후 '6월항쟁' 20주년을 이미 몇 년 지나온 현재의 우리는 어떤지요? "닭의 목을 비틀어도 새벽은 온다."며 고난의 시절을 함께 싸워 이겨내자던 70년대, 80년대 당시의 반독재투쟁의 외침이 지금에 와서도

인권생각

다시 울려 퍼져야 하지 않나 싶은데도 말입니다.

그냥 이대로 살다 죽지 않고 독수리처럼 다시금 태어나려는 결심을 우리 스스로 해야 할 때가 바로 지금 아닌가 싶습니다. 허나, 혹시 우리는 새로이 거듭 사는 것을 벌써 잊고 귀차니즘, 매너리즘, 무사안일주의, 혹은 패배주의에 깊이 빠져 제2의 인생을 아예 포기하는 독수리들은 아닌지요?

이빨과 발톱으로 잔뜩 무장한 사자는 스스로 '동물의 왕'으로 자처하지만, 몸에 작은 상처라도 패이면 그보다 약한 다른 동물들과는 달리 잘 낫지 않고 상처가 속으로 깊이 곪아 들어간다 합니다. '용산 참사' 현장에서는 내년에도 정의구현사제단 신부들이 유가족들과 함께 하는 작은 미사가 매일 저녁 이어질 것이며, '사유화'한 공권력과 '법치주의'라는 허무맹랑한 명분으로 중무장한 정부는 그 질긴 외면을 햇수로 2년째 거듭할 것입니다. 속으로 들어가 곪아가는 그 상처는 겉에선 아문 것 같지만 예후는 점점 더 안 좋아질 것입니다.

똑같은 시간이 주어져도 어떤 것은 그 시간 동안 '부패'하고 있을 뿐이지만, 어떤 것은 그 시간을 '발효'하려고 쓴다지요. 사자의 상처가 점점 곪아 들어가는 그 시간을 우리는 스스로 독수리로서 환골탈태의 힘든 노력을 하는 시간으로 맞대응하자고 외치고 싶습니다. 스스로 갈매기처럼 높이 날아 수직 강하하는 호된 훈련의 기간으로 삼자고 권하고 싶습니다.

새해에는 이 세상이 점점 아픔과 어두움으로 '부패'되어 간다고 느끼는 절망을 참 세상이 여러분에 의해서 '발효'되어 간다는 희망으로 여러분 스스로가 바꾸어 내고야마는 그런 새해가 되길 간절히 소망합니다. 높이 날아오르려는 갈매기들과 환골탈태하여 새로이 거듭 사는 독수리들인 여러분! 저 역시도 여러분 가운데의 하나로서 부끄럽지 않게 살리라 다짐합니다.

인권생각

'소신'의 아름다움과 무모함에 대하여

한승헌

    필자는 '소신'이라는 말을 참 좋아하며, '소신 있는 사람'이 멋있는 사람이라고 생각한다. 그리고 '의연함'이라는 형용사를 붙일 수 있는 사람이나 행동 역시도 멋있다고 생각한다. 그래서인지 필자는 조각가 로댕의 비서였던 라이너 마리아 릴케가 쓴 『로댕 어록』 속의 로댕의 어떤 말이 가슴에 깊이 와 닿아, 적어서 오랫동안 벽에 붙여 두고 지냈었다. 기억

나는 대로 적어보면, "깊고 의연하고 성실하십시오. 여러분이 갖고 있는 생각이 남들과 다르다 하더라도 그 발표를 주저하지 마십시오. 언젠가 그들은 이해할 것입니다. 왜냐하면, 한 사람에게 깊은 진실인 것은 모두에게도 진실이기 때문입니다."가 그것이었다. 이러한 '소신'은 참 아름답다고 생각되며 로댕의 이러한 격려는 지금도 우리의 가슴을 적신다.

한편, 2010년 3월 24일자 어느 주요 일간지 1면에서 필자의 눈에 제일 먼저 들어온 헤드라인이 하나 있었다. 워낙 '소신' 없는 이들이 많아서인지, 혹은 '소신'을 들먹이기엔 자신감들이 없어서인지는 몰라도, 우리가 쉽게 신문에서 접하지 못하는 단어 중의 하나가 '소신'이라고 믿던 터에, 그 단어가 들어간 헤드라인이 한눈에 들어왔나 싶다. "이(李) 대통령 '4대강(江) 사업은 내 소신'," "생태계를 복원하는 생명 살리기 … 반대하는 사람들 설득해야"가 그것이었다.

그 기사를 일부 인용하자면, 이명박 대통령은 3월 23일 국무회의에서 "생명을 살리고 죽어가는 생태계를 복원하며 깨끗한 물을 확보하는 것이 4대강 살리기 사업의 목표이자 내 소신"이라며, 최근 천주교 주교회의의 반대성명 등에도 불구하고 4대강 사업을 차질 없이 추진해 가겠다는 의지를 밝혔다. 그는 "4대강 사업은 1995년 국회에서부터 이야기해 온 나의 소신"이며 "경부고속도로와 경부고속철도도 정치적으로

인권생각

반대가 많았다. (서울시장 시절) 청계천과 버스전용차로도 상대당이 시장 사퇴하라고 공격하곤 했다. 서울시 공무원들도 내게 와서 원상으로 돌아가자고 했지만 결국은 반대하던 사람들을 설득시켰다.”고 말했다. 이어서 “정치적 목적으로 무조건 반대하는 사람도 우리의 소중한 국민이다. 생각을 바꾸든 안 바꾸든 성실하게 설명하고 알려야 할 책임이 정부에는 있다.”고 했다. 그 후 4월 27일자 다른 일간지에는 “전국 하천 ‘4대강 방식’ 개발 추진” “청와대 이미 승인” 등의 헤드라인이 가장 먼저 눈에 들어왔다.

　다른 한편, 4월 26일에 명동성당 들머리에서 ‘4대강 사업 저지를 위한 천주교 연대’(이하 천주교연대)는 4대강 살리기 사업 중단을 촉구하는 첫 생명·평화미사를 열었다. 천주교연대의 집행위원장인 사제는 미사에서 “우리는 정치 때문에 이곳에 온 게 아니라 정의 때문에 왔다”고 말씀을 시작하였고, 미사에 앞서 천주교연대 상임대표 사제는 한 일간지와의 인터뷰에서 “명동성당은 1987년 민주화운동의 상징적 공간으로 국민 모두에게 의미가 있다.”며 “생태와 환경이라는 더 큰 가치를 위해 교회의 염원을 담아 명동성당에서 기도회를 열기로 한 것”이라 했고, “정부는 (최근 여론 악화의 원인이) 홍보 부족 때문이라고 여기지만, 문제는 그게 아니라 정부가 대화하려 하지 않는 것”이라고 했다.

인권으로 희망찾기

5월 10일에 1만 명이 참가하는 대형 미사가 예정되어 있는 명동성당은 이제 4대강 반대운동의 중심이 될 것이며, 이러한 움직임은 전국적인 서명운동과 함께 전국적인 생명·평화 미사로 이어질 것이다. 이러한 반대운동은 천주교뿐만 아니라 불교계, 더 나아가 개신교계 내에서도 퍼져 나가고 있다. 예를 들어, 불교계는 4월 17일에 '4대강 생명살림 수륙대재'를 개최했고, 개신교 목회자 800명은 이미 4월 초에 '생명과 평화를 위한 2010년 한국 그리스도인 선언'을 발표하고 4대강 사업 중단을 촉구한 바 있다. 범종교계의 이런 흐름은 점점 더 거세지고 있다. 4대강 사업은 살아 흐르는 강물을 막고 강과 함께 살아가는 뭇 생명의 터전인 자연생태계를 파괴하는 사업이기에, 생명의 가치를 중시하는 종교계로서는 그것을 지키기 위해 투신할 수밖에 없는 속성을 지닌 것이다.

아울러 세계적 권위의 과학전문지 『사이언스』 최근호도 국제적인 전문가들의 의견을 인용하며 "토목공사를 밀어붙여 불도저란 별명을 얻은 건설회사 CEO 출신인 이 대통령의 청계천 살리기 사업이 대통령 당선에 기여했다."고 소개하며 "4대강 사업은 유역관리 방법으로는 시대에 뒤떨어진 발상이다."고 비판했다. 작년 11월 유엔환경계획이 마련한 한국의 녹색성장에 관한 검토보고서 초안에서도 "4대강 사업은 논쟁적이며, 습지에 끼치는 영향 평가와 영향을 줄일 조처를 촉구하고 있다."고 『사이언스』는 전하고 있다. 세계적인 과학전문지가 '4대강 사업'을 특집기사로 다룰 만큼 이 사업은 이제 세계 과학계의 관심사로 떠올랐다. 그리고 하나 더 있다. 이 대통령의 '불도저' 식의 '소신'이 과연 옳았는지 무모했는지, 그 결말 역시도 이젠 국제적인 관심사이리라.

2년 전인 2008년 6월 30일, 미국산 쇠고기 수입 문제에서 촉발되었던 촛불집회 한 가운데에서 천주교정의구현전국사제단이 개최한 시국미사의 강론 제목을 필자는 지금 새삼스레 떠올리게 된다. "대통령의 힘과 교만을 탄식함"이 그것이다. 그 강론의 마지막 부분은 대통령이 우선 쇠고기 협상의 실패를 겸허히 인정할 것, 먼저 국민의 소리를 듣고 그 진실을 깊이 헤아린 다음 국민과의 대화에 나설 것, 그리고 쇠고기 문제를 정치적, 이념적인 갈등으로 몰아가지 말 것 등을 호소하고 있다. 그런데 그 후엔 무슨 일이 있었는가. 겸허한 자기성찰 없이 마냥 승리했다고만 믿는 교만한 권력에게도 교훈이 있었을까. 그것이 없었다면 또 이런 패턴이 반복된다 해도 이상할 게 있을까.

다시 서두의 로댕에게로 돌아가 보자. "깊고 의연하고 성실하십시오. 여러분이 갖고 있는 생각이 남들과 다르다 하더라도 그 발표를 주저하지 마십시오. 언젠가 그들은 이해할 것입니다. 왜냐하면, 한 사람에게 깊은 진실인 것은 모두에게도 진실이기 때문입니다." 이러한 아름다운 소신은 언제, 그리고 누구에게, 가능한 것일까.

　이렇듯, '소신'은 아름다운 것일 수도 있고 무모한 것일 수도 있음을 새삼 깨닫게 된다. 속도전식으로 몰아붙인 '위업'이라 스스로 자평하는 70년대, 80년대 경제개발과 중동 건설, 경부고속도로 건설, 거대한 어항을 만든 것인 청계천 사업의 치적을 강조하며, 이번에도 자기가 옳을 것이다, 나중에 모든 책임은 자기가 지겠다는 그 소신…. CEO가 아니라 분명히 대통령인데…. 아! 그 소신, 참으로 괴롭고, 무섭다. 제발 비극적이지 않기를….

내 눈에 흙이
들어가기 전에는

한소희

　대학에서 가르치는 필자는 많은 학생들이 스스로의 진로
에 대하여 고민하고 있음을 본다. 본인의 꿈이나 적성과 부모
의 기대 사이에서 방황하는 경우도 적지 않기에, 필자는 부모
에 대한 자녀의 도리와 자녀 스스로의 인권이 부딪히는 경우
에 대해 종종 생각하게 된다. 아마도 부모님으로부터 "내 눈
에 흙이 들어가기 전에는…"이라는 말씀을 듣는 경우가 자녀

로서는 가장 힘들고 슬픈 상황일 것이다. 실제의 경우를 참조하여 각색해 본 다음과 같은 상황들이 아마 지금도 어디에선가 벌어지고 있을 것이다.

A양은 외국에서 공부하다가 오랜만에 추석에 맞춰 귀국하여 지방에 계시는 부모님을 뵈러 갔다. 결혼을 생각하며 사귀고 있는 멋진 친구와 함께 집에 가겠다고 미리 전화를 드렸었기에 부모의 기대는 컸다. 초인종을 누르자마자 부모님께서 반갑게 달려 나와 문을 여셨는데, 딸의 남자친구가 금발의 미국인 리처드(Richard)였고 게다가 서툰 한국말로 "장인어른, 장모님! 안녕하세요?"라고 인사까지 한다. 고집이 센 아버지께서는 "내 눈에 흙이 들어가기 전에는 내 딸이 국제 결혼하는 꼴을 이 애비는 눈뜨곤 못 본다!"라며 반대하신다. 이를 어쩌나.

B군은 예술가 집안에서 태어났지만 부모의 반대와 외아들에 대한 기대 때문에 예술 쪽으로 진학을 못하고 법대를 졸업한 후 미국으로 박사학위를 취득하러 유학을 떠났다. 공부를 하면 할수록 그의 인생이 그쪽으로 방향지어지는 것에 대해 자주 괴로워하다가 그는 학교의 상담실을 찾아가 몇 가지 적성검사를 해 본 후, 예술 쪽으로의 적성이 뛰어남을 과학적 자료를 통해 재확인하게 되었다. 그와 상담을 했던 상담교수

는 "미국의 경우에, 예를 들어, 2대 3대째 대대로 예일(Yale)대 법대를 나온 집안의 외아들이 정작 본인은 다른 대학에 가서 천문학을 공부하거나 영화를 전공하고 싶다며 갈등을 하는 경우를 종종 보는데, 결과는 대부분 자녀가 원하는 것을 하는 걸로 끝이 난다. 한국의 경우는 안 그런가? 참 재미있는 나라인 것 같다."라고 의견을 피력한다. 그 후 B군은 방학을 맞아 귀국하여 아버지를 뵙자마자 이제라도 예술 쪽으로 길을 바꾸고 싶다고 어렵게 용기를 내어 말씀드리자, 예술가이신 아버지가 "내 눈에 흙이 들어가기 전에는 외아들이 또 그 힘든 예술의 길을 걷는 걸 난 눈뜨곤 못 본다!"라며 계속 반대하신다. 착한 아들 B군은 어째야 할까.

C양은 독실한 가톨릭 집안에서 자라 가톨릭계 대학교를 다녔는데 좋은 남자를 만난 후엔 그동안 마음 한 구석에 깊이 지녔었던 수녀가 되는 꿈을 버리고 결혼을 작정한다. 그런데 그 남자를 따라 처음으로 시부모님이 되실 분들을 뵈러 간 자리에서 그 어르신들은 입을 모아 "왜 하필이면 천주교냐. 우리 집안은 대대로 장로교 집안이고 할아버지와 아버지도 목사이시고 나도 권사인데 말이다."라고 하시며 "내 눈에 흙이 들어가기 전에는 장로교 며느리 말고는 절대로 안 된다!"라고 하신다. 목사 아들인 그 남자친구는 C양에게 뭐라고 해야 할까.

인권으로 희망찾기

"내 눈에 흙이 들어가기 전에는…"이라는 말은 자녀의 여린 가슴에 대못을 박는 폭력일 수 있다. 유교문화권에 있는 경우엔 부모에게의 복종이 곧 효도라는 식의 인식이 있기에 그것을 거스르는 자녀들은 죄책감으로 일생 동안 마음고생할 수도 있다. 반대로 부모의 뜻에 순종만하며 살다가 부모가 떠나게 되면 자녀는 이미 궤도 수정이 불가능해진 본인의 삶에 대해서 깊은 후회와 회한을 지닐지도 모른다. 따지고 보면 "내 눈에 흙이 들어가기 전에는…"이라는 말은 설득력도 떨어진다. 부모의 여생보다 오래 살 자녀 역시 삶이 단 한번뿐이며 늙어가다가 언젠가는 눈에 흙이 들어갈 것 아닌가.

그렇다면 자녀는 어떻게 하면 설득력 있고 정당하게 부모에게 대응할 수 있을까? 아마도 '인권'이 좋은 방안일 것이다. 〈세계인권선언〉 제15조(모든 인간은 국적을 가질 권리와 바꿀 권리를 갖는다), 제16조(성년에 이른 남녀는 인종, 국적 또는 종교를 이유로 한 어떤 제한도 받지 않고 결혼할 권리를 갖는다), 제18조(모든 인간은 사상, 양심, 종교의 자유가 있다), 이러한 조항들은 자녀와 부모는 똑같이 일인분씩의 피조물이며, 자녀는 보호의 객체가 아니라 권리의 주체로서 부모에게 스스로 생각하는 행복을 추구할 권리가 있음을 정당하게 주장할 수 있게 한다. 그와 동시에 부모는 "부모가 자녀의 인권을 최대한으로 존중하는 것은 당연하지 않니? 네 행복은 네가 가장 잘 알겠지. 네 행복이 곧 부모의 행복이란다."라고 말해야 맞다.

혹은 칼릴 지브란(Kahlil Gibran)에게 귀를 기울여 보면 어떨까? 그는 그 유명한 책 『예언자』 중의 「아이들에 대하여」라는 장에서 다음과 같이 말한다. "그대들의 아이라고 해서 그대들의 아이는 아닌 것. 아이들이란 스스로 갈망하는 삶의 딸이며 아들인 것. 그대들을 거쳐 왔을 뿐 그대들에게서 온 것은 아니다. 그러므로 비록 지금 그대들과 함께 있을지라도 아이들이란 그대들의 소유는 아닌 것을." "그대들은 아이들에게 육신의 집은 줄 수 있으나 영혼의 집마저 줄 순 없다. 왜? 아이들의 영혼은 내일의 집에 살고 있으므로, 그대들은 결코 찾아갈 수 없는, 꿈속에서도 가 볼 수 없는 내일의 집에. 그대들 아이들과 같이 되려 애쓰되 아이들을 그대들과 같이 만들려 애쓰진 말라. 왜? 삶이란 결코 뒤로 되돌아가진 않으며, 어제에 머물지도 않는 것이므로."

그렇다. 인권의 발달사 역시도 거꾸로 되돌아가지는 않을 것이다. 이제는 자녀들 역시도 부모에게 "난 내 눈에 흙이 들어가기 전에 꼭 이렇게 해야만 해요. 부디 이해해 주세요."라고 하는 것이 자연스럽게 들리는 시대 아닌가 싶다. "다시 태어난다면 내가 하고 싶은 대로 내 삶을 살고 말거야!"라는 말보다 더 슬픈 말이 있을까?

자녀는 부모를 떠나게 마련이다. 칼릴 지브란은 부모와 자녀와 신을 함께 얘기한다. "그대들은 활, 그대들의 아이들은 마치 살아 있는 화살처럼 그대들로부터 앞으로 쏘아져 나아간다. 그리하여 사수이신 신은 무한의 길 위에 한 표적을 겨누고 그 분의 온 힘으로 그대들을 구부리는 것이다. 그분의 화살이 보다 빨리, 보다 멀리 날아가도록." 그러면서 지브란은 부모에게도 위안의 말을 잊지 않는다. "그대들 사수이신 신의 손길로 구부러짐을 기뻐하라. 왜? 그분은 날아가는 화살을 사랑하시는 만큼, 또한 흔들리지 않는 활도 사랑하시므로."

인권생각

종교의 자유와 인권, 예의와 연대, 그리고 희망에 대하여

인간에게 있어서 종교는 인간이라는 존재의 의미, 삶과 죽음, 그리고 구원과 같은 가장 본원적이고 궁극적인 질문과 관련된 것이기에, 어떤 답을 어떤 종교로부터 찾아 거기에 귀의하는가의 선택의 자유, 더 나아가 그런 질문과 답 및 종교를 추구하지 않을 자유도 자유 중의 자유이자 인권 중의 인권이라 하겠다.

또한 종교는 기꺼이 목숨과도 바꾸고자 할 만큼 강력한 신념체계이다. 흔히들 "식사 중에는 되도록이면 정치나 종교에 대한 얘기는 꺼내지 않는 것이 좋다."고 한다. 그런 주제는 자주 이데올로기가 깔리게 되어 불필요한 논쟁과 함께 격한 감정대립으로까지 쉽게 이어지기 때문일 것이다. 정치와 종교, 국가와 교회는 공히 사람들로 하여금 순국이나 순교도 불사하게 만든다. 믿는 이들로서는 종교가 곧 목숨이며 결코 부인당하거나 강요당할 수 없는 전부인 것이다. 그렇기에 〈세계인권선언〉 제18조와 대한민국 헌법 제20조는 종교의 자유를 명시하고 있다.

그럼에도 불구하고 종교와 관련된 자유와 인권은 침해되는 경우가 많다. 특히 개신교, 천주교 등의 그리스도교의 경우가 눈에 많이 띄기에 특히 교인들에게, 새삼스레 종교와 관련된 자유와 인권, 예의와 연대, 그리고 희망에 대하여 성찰해 보자고 권하고 싶다.

첫째, 종교와 관련된 자유와 인권이다. 서로의 종교를 존중해 주지 않고 무시하거나 비판하는 일, 종교를 믿고 싶어 하지 않는 이에게까지 종교를 강요하는 일, 더 나아가 다른 종교를 단죄하고 어떤 수단을 동원해서라도 자기의 종교로 개종시키고자 하는 유혹은 쉽게 생겨날 수 있다. 그것은 아마도 종교인들은 특히 권력을 갖고 있을수록, 자기가 하고자 하는 일이 곧 하나님 혹은 하느님이 명하시는 거라고 믿어 자칫 잘 못하면 그 상황을 선과 악의 싸움, 혹은 선교 사명을 수행하는 것으로 여기는 경향이 있기 때문일 것이다.

이러한 '종교의 자유'에 대한 문맹과 그것에서 비롯되는 폭력은 쉽사리 발견된다. 예를 들어, 개신교 장로인 이명박 대통령은 시장 시절에 "서울시를 하나님께 봉헌하나이다."라고 공식석상에서 기도했다가 엄청난 반발을 샀다. 하나님께 봉헌되고 싶지 않은 이들도 무지 많음을 알아야 한다. 또 다른 예로, 교회가 이주노동자들을 초대하여 따뜻한 식사와 옷가지 등을 선물하는 것은 참 좋은 일이지만, 막상 이주노동자들은 교회에 계속 나와야 한다는 무언의 혹은 공공연한 압력을 느끼는 경우가 많다. 그들 중에는 이슬람교도가 많음에도 불구하고 말이다. "빵이냐 개종이냐"의 선택을 요구하는 의도가 조금이라도 있다면 그건 인권유린이자 일종의 폭력이며, 참으로 옹졸한 선교전략 아닐까.

아울러, 종교 내의 언론을 제도교회가 권위주의적으로 독점하거나 통제하지 말아야 한다. 교회 내에서 제도언론에 대한 대항언론 내지 대안언론이 다양하게 언로를 트게끔 보장되는 것은 종교의 자유, 특히 종교 내 언론의 자유의 핵심이 아닐 수 없다. 교회 지도부라고 해서 견제 받지 않는 권력일

인권으로 희망찾기

수는 없다.

둘째, 종교에 대한 예의이다. 모 대학 교수가 학생들을 인솔하여 타 종교인 불교탐방을 가서 불상 앞에서 절을 했다가 해직되었던 사례가 있다. 필자가 재직 중인 모 대학원에서는 교수 워크숍으로 최근에 중국 곡부(曲阜)를 갔다가 공자의 사당을 단체로 방문했었다. 거기에서 몇몇 교수들이 대표로 공자 영정 앞에서 절을 하고 예를 바쳤는데, 그 중에 가톨릭 신부인 부총장도 함께 절을 하는 것을 보면서 필자는 그게 당연하고 아름답다는 생각을 새삼스레 하게 되었다. 아마 이슬람 사원에 가더라도 혹은 아프리카 원주민들이 섬기는 무속신앙에 대해서도 예의를 갖추는 게 당연하다 싶다. 어느 종교이든, 사회에 물의를 일으키는 사악한 종교가 아니라면, 한 인간이 종교 및 성인 앞에서 예를 표하는 것은 인간의 기본 아닐까? 그런 기본조차 없을 경우, 더 나아가 그렇게 예를 표하는 것조차 '우상숭배' 운운한다면, 그것이야말로 독선이며 스스로의 종교를 종교가 아닌 우상으로 만드는 일일 것이다. 통탄할 일이다.

셋째, 종교들끼리 서로 대화하고 소통하고 친교를 이루며, 더 나아가 사회변화를 위해 연대할 필요가 있고, 그런 모습은 아름답게 보이며 희망을 준다는 사실이다. 종교들은, 그리고 종교인들은 서로가 함께 걸어가며 서로 배워야 할 대상이자 서로가 스승이리라. 작고하신 김수환 추기경과 법정 스님이 길상사와 명동성당을 서로 오가며 진심으로 우애를 나누었던 모습이 벌써 많이 그립다. 법정 스님이 존경했던 예수, 김 추기경이 존경했던 부처, 예수는 존경하지만 예수쟁이들은 보기 싫다던 마하트마 간디. 종교 간에는 원래 서로 벽이 없었지만 종교를 믿는다는 사람들이 그 종교들 사이에 벽을 높게 쌓았던 것은 아닐까? 사람이 종교를 망치지 않게, 종교들끼리 힘을 합쳐 세상을 바꾸게, 그렇게 해야 하지 않을까. 절망 앞에 희망을 주는 것이 종교이기에 우리는 다시금 종교의 역할을 기대한다.

현 정부가 들어서면서 2008년의 촛불집회, 2009년의 용산 참사, 2010년의 4대강 반대운동이 이어지고 있는데, 한 가지 주목할 것이 있다. 그것은 시민운동 진영이 힘이 많이 빠진 가운데 천주교, 개신교, 불교, 원불교 4대 종단의 범(汎)종교연대가 형성되어 물꼬를 트고 있다는 사실이다. 과거 70년대, 80년대의 종교의 사회참여가 주로 천주교와 개신교 위주였다면 이제 2010년 전후해서는 4대 종단의 연대가 주류가 되고 있다는 사실은 의미하는 바가 크다. 예수나 부처 할 것 없이, 이 나라의 자유와 인권, 민주화와 환경 정의를 위해서라면 믿는 이들부터 먼저 연대함으로써 서로에 대한 존경을 나누고 예를 갖추는 일, 시민들과 시민운동 단체들의 귀감이 되는 일, 그럼으로써 척박한 시대를 사는 우리 모두에게 "진정한 믿음은 곧 행동" "종교 간의 연대는 곧 희망"임을 보여줄 수 있다고 믿는다.

인권연대는 2010년 12월에 '종교자유인권상'을 제정하여 제1회 수상자(단체)로 인터넷 매체 '가톨릭뉴스 지금여기'를 선정했다. 한국 가톨릭 교단 내의 다양한 아픈 문제를 용감하게 지적하고 이웃 종교에 대해서는 관용적이며 배려의 정신으로 일관해 온 작은 언론 단체이다. 이번 상이 이 단체에게 격려가 되고 우애의 표지가 되며, 더 나아가 이 시대, 우리 사회 안에 종교의 자유와 인권, 예의와 연대, 그리고 희망을 신장시키는 작은 촉매가 될 것이라 기대한다. "작은 사람들이 작은 곳에서 작은 일 하면 이 세상에 평화 온다."는 말처럼, 작은 것이 결코 작은 것이 아니라는 사실이 곧 '희망'이리라.

사람이 무엇이기에, 삽질이 무엇이기에

"4대강 공사를 위해 설치한 낙동강 구미취수장의 임시보가 무너졌습니다. 이 사고로 경북 구미시와 일대 50여 만의 식수 공급이 중단되었습니다."라는 소식이 바로 며칠 전인 5월 8일 밤 9시 MBC 뉴스 데스크에서 보도된 바 있다. 공영방송 9시 뉴스에서도 이젠 4대강 사업의 문제점이 보도되나 싶었다.

정부가 애초에 제시한 청사진은 물 부족 해결, 홍수 예방,

수질 개선, 그리고 과도한 개발로 황폐화된 하천 생태계를 복원하고 침체된 지역경제를 살린다는 것이었다. 하지만 실상은 비참하다. 16개의 보 건설과 준설로 인해 4대강 본류의 수질은 악화되었고 침수지역은 지천까지 넓혀졌으며, 생물 종은 절반으로 줄었고, 4대강 사업이 올려놓은 땅값 이익은 그 대부분이 외지인에게 돌아갔다. 허나, 법조인들은 이런 문제를 소송을 통해 바로잡겠다고 하고 정치권은 선거를 통해서 바로잡겠다고 한다. 그렇다면 보고만 있는 국민은 어떻게 해야 하는가, 어떻게 해야 했는가. 강변에서 농사짓던 농민들은 생존 기반을 잃었고, 보도조차 통제된 채, 4대강 공사 노동자들은 쌓이는 피로와 허술한 안전조치로 인해 조용히 죽어나갔다. '사람을 잡는 개발'이자 '죽음의 행렬'이다.

4대강 공사가 시작된 2009년 11월 이래로 지금까지 4대강 공사장에서 숨진 노동자와 이 사업과 연관되어 목숨을 잃은 국민은 모두 30명이다. 2012년 정권 재창출을 위해 올해 말 완공을 목표로 공사를 채근하는 대통령 때문에 안전관리는 뒷전인 채, 달리는 공사 차량에 운전자가 치여 죽고, 준설중인 굴착기와 준설선에서는 노동자가 물에 빠져 죽었다. 나흘간 4명의 노동자가 공사현장에서 목숨을 빼앗겼는데도 정부는 4대강 사업 중단은커녕 친수구역개발사업으로 규모와 영역을 오히려 훨씬 키웠다(정의구현사제단 소식지, 『빛두레』, 2011년 5월 1일자

인권생각

참조). 사업목적과는 너무 다른 이런 삽질, 그 무모하고 무식한 '속도전', 그야말로 누구를 향해 분노하고 통곡해야 하는지 묻고 싶으면서도, 참으로 '가관'이다. 정부와 대통령은 왜 애도의 말 한 마디 없이 쉬쉬하는가? 어찌 이리도 잔인할까?

작년 2010년 7월 7일은 경부고속도로 개통 40주년 된 날이었다. 한국경제발전사, 아니 한국현대사에서 가장 유명한 사례, 세계적으로도 거의 유례가 없을 그 미친 '쾌거' 역시 수많은 이들의 목숨을 요구했다. 총 428km의 고속도로를 불과 2년 5개월(1968년 2월 1일 착공. 1970년 7월 7일 개통)에 완성했는데, 토목기술의 부족을 머릿수로 메우는 식으로 공정을 밀어붙였기에 연인원 850만 명이 도로건설에 동원되었다. 가장 위험한 공사였던 터널공사도 인력으로 기술부족을 메우다 보니, 경부고속도로 건설도중 총 77명이 사망했는데 그 중 대부분이 터널공사 낙반사고로 인한 사망이었다고 한다. 가장 많은 희생자가 나왔던 당제터널 구간 근처인 금강휴게소에다 박정희 대통령은 위령탑을 세워 개통식 날에 직접 제막을 했다고 하며, 이은상은 추모 글에서 이들을 "조국근대화를 위한 민족행진의 전사"라고 칭송했다고 한다.

하지만, 순직 노동자 유가족들은 정부로부터 보상금 한 푼 못 받았고, 다만 소속 건설사에서 유가족에게 50만 원(현재 가치로 약 500만 원가량) 정도의 위로금을 지급했다고 알려졌을 뿐, 이들은 너무나 억울하게, 너무나 빨리 잊혀졌다. 겨우 도로공사 측에서 매년 위령제를 열어 왔다는 사실에서나 위안을 찾아야 할까(「조선일보」, 2010년 7월 7일; 「동아일보」, 1970년 7월 7일 참조). 비슷한 논리인 이명박 정부는 4대강 개발 순직 노동자들에 대해 어떻게 나올까. 아니, 그때 어떻게 대해 준들, 글쎄 그게 다르랴.

필자가 믿는 그리스도교의 핵심 중의 하나가 사람의 존엄성에 대한 가르침이다. "사람이 무엇이기에"라는 성서 구절은 이와 관련하여 흔히 인용되거나 상기되는 아주 유명한 구절이다. 일부를 인용해 보자.

당신의 작품, 손수 만드신 저 하늘과
달아 놓으신 달과 별들을 우러러 보면
사람이 무엇이기에 이토록 생각해 주시며
사람이 무엇이기에 이토록 보살펴 주십니까?
그를 하느님 다음가는 자리에 앉히시고
존귀와 영광의 관을 씌워 주셨습니다.
손수 만드신 만물을 다스리게 하시고
모든 것을 발밑에 거느리게 하셨습니다.
크고 작은 온갖 가축과
들에서 뛰노는 짐승들 하며
공중의 새와 바다의 고기

　곧, 사람은 하느님의 모상으로 만들어졌기에 사람 안에는 하느님이 담겨 있다. 따라서 사람에게 모질게 대하는 것은 곧 하느님께 모질게 대하는 것이다. 그리고 사람은 저 하늘과 달과 별들을 선물로 받은 존재이자, 모든 피조물의 으뜸이며, 자연만물을 다스리는 자이다. 한 사람 한 사람 안에 곧 하느님이 담겨 있고 우주가 담겨 있다.

　올해 내 4대강 사업이 다 완공되면 국민들이 비로소 자기의 뜻을 알아줄 거라는 대통령의 오만과 독선, 그것에 공사 기간을 어떻게 해서라도 맞추라는 상부의 지시와 독촉, 시공사들 간의 경쟁에 떠밀리며, 삽질은 앞으로도 사람을 죽음으로 몰아갈 것이다. 그리고 "과연 누가 센지 제대로 한번 붙어 보자!"라는 식으로 기나긴 장마와 홍수의 계절이 성큼 다가오고 있다.

　"크고 작은 온갖 가축과 들에서 뛰노는 짐승들 하며 공중의 새와 바다의 고기, 물길 따라 두루 다니는 물고기들을 통틀어 다스리게" 하느님께서 사람에게 시키셨는데, 삼백 몇 십만 마리 가축들이 졸지에 매장되어도 가축들에게는커녕 국민들에

게도 변명 말고는 한 마디 사과조차 없던 정부이다. (생매장 되
는 마지막 순간까지도 어미 돼지는 새끼 돼지들에게 젖을 물렸다는 언론보도가 생각난
다. 그게 신기했나?) 벌써 30명을 넘고 있는 '물길' 순직 노동자들과
국민들의 희생에 대해 철저히 침묵으로만 일관하는 정부에게
묻고 싶다. "아니, 도대체 사람을 무엇으로 여기는데, 그리고
그 삽질이 도대체 무엇인데?"라고.

'분노'에 대하여

한송화

우리나라 사람들은 예로부터 분노를 삼가는 것을 예의이자 지혜로 여겨 왔다. 한 번 노할 때마다 한 번 더 늙고 한 번 웃을 때마다 한 번씩 젊어진다(一怒一老 一笑一少)라며 화는 속으로 인내하고 꾹 참는 것이라고 말이다. 그러나 때로 분노는 필요한 법이다. 특히 불의한 사회적 구조와 정계·재계의 파렴치한 이들에 대하여 치솟는, 의로운 것과는 너무나 거리가 멀기에 울컥 치밀어 오르는 통탄, 그런 의분(義憤)과 공분(公憤)은 사회를 올바른 방향으로 이끄는 힘이며 시민으로서 그것은 도리이자 권리이다.

신약성서를 보면 예수는 특히 성전 앞에서 희생제물을 파는 장사치들과 환전상들의 판을 엎어버리시며 크게 분노하셨는데(요한 2. 13-17), 그 분노는 그들뿐 아니라 그 판을 허락한 제사장들을 향한 분노였다. 아울러 그들 때문에 어쩔 수 없이 비싼 값으로 희생제물을 사고 돈을 바꿔야 했던 가난한 신도들을 대변한 분노였다. 성전이 장사판으로 전락한 것에 분노하신 예수는 창조주께서 창조하신 후 "좋다!"고 감탄하셨던 세상이 어느새 장사판, 전쟁터, 경쟁과 도태의 아비규환, 떼죽음과 멸종의 생태계로 전락한 것에 대해서는 얼마나 분노하실까. 자손대대로 숭엄하게 물려주어야 할 아름답고 존귀한 이 나라, 이 겨레, 이 강토에 대해 우리가 무관심 내지 냉소주의에 빠진 것을 보시면 얼마나 더 분노하실까.

요즘은 '분노'가 대박이자 대세인 것 같다. 2010년 10월 2일에 출간된 93세 노령의 레지스탕스 출신 스테판 에셀(Stephane Hessel)의 작은 책 『분노하라(Indignez Vous!)』는 프랑스 출간 7개월 만에 200만 부 판매, 전 세계 20여 개국으로 번지고 있는 '분노 신드롬'을 일으키며 전 세계를 감전시켰다고 평해진다. 프랑스를 비롯해 유럽을 뒤흔들었고 그 파장이 오늘까지도 이어져 현재 세계 곳곳에서 동시다발성으로 벌어지고 있는 반(反)월가(Wall Street) 시위(Occupy Wall Street)의 불씨가 되었다고 한다.

급기야 여의도도 표적이 되고 있다. "1%를 위해서 99% 사람들의 호주머니를 터는 것이 미국 금융자본주의 시스템인데, 그 시스템을 그대로 복제하고 있는 한국에서도 똑같은 일들이 벌어지고 있다." "IMF 이후 금융감독원에게 감독의 책임을 맡기고 탐욕스런 자본으로부터 우리를 방어해 주길 바랐지만 오히려 그들과 결탁하고 눈감아줘 피해가 커졌다. 사건이 발생이 됐을 때도 누구하나 책임지지 않았다."라며 2011년 10월 15일, 금융소비자협회, 참여연대, 투기자본감시센터 등의 시민단체 회원 300여 명이 여의도 금융위원회 앞에서 "여의도를 점령하라―금융수탈 1%에 저항하는 99%"를 구호로 분노에 찬 국제연대 집회를 열었다. 이날 국제공동행동의 날 집회는 전 세계 80여 개국 900개 이상의 도시에서 동시다발적으로 진행되었고 이 물결은 계속 더 큰 파도로 더 많은 국가들에게로 퍼져가고 있다.

스테판 에셀은 1917년 독일 출생의 유대인으로 20대 젊음을 나치에 저항하는 레지스탕스 운동과 그로 인한 집단수용소 생활로 준열하게 보냈고, 1948년 유엔의 〈세계인권선언〉을 초안하는 데도 참여하였으며, 1981년 미테랑 정부 때는 외교관으로 임명되기도 했다. 현재 94세인 그는 나치에게서 프랑스를 구하는 레지스탕스 운동에서 시작하여, 그 후 프랑스 사회의 미덕이라 할 의료보험, 은행 국유화, 독립 언론체제 구축을 위해 일생을 헌신했다. 그는 술회한다. "나는 언제나 아닌 것을 아니라고 말하는 사람들 편에 서왔다."라고.

이제 그가 현 시대를 통탄한다. 분노가 레지스탕스의 존재 이유였음을 상기시키며 오늘날이야말로 다시 그 레지스탕스의 유산을 환기해야 할 시점이라고 강조하며 "분노하라, 시도하라, 행동하라!"라고 외친다. 노(老) 투사는 사실상 그의 유언으로서 우리의 젊은이들에게 호소한다. "대량 소비, 약자에 대한 멸시, 문화에 대한 경시, 일반화된 망각증, 만인의 만인에 대한 지나친 경쟁"에 맞서 진정한 평화적 봉기를 일으키라고.

그러한 분노는 지난 2011년 7월 1일 인권연대 창립 12주년 기념강연을 했던 『난장이가 쏘아올린 작은 공』의 작가 조세희 선생에게서도 이어졌다. 그는 "20대여 냉소는 버려라. 희망의 끈을 놓지 마라. 당신은 비겁자의 자식, 억울한가? 그러면 분노하라!"고 당부했다. 젊은이들의 아버지 세대가 뭘 못했는지 알아야 하고, 이어서 젊은이들은 더 나아가야 한다. 결코 냉소주의에 머물러서는 안 된다고 그는 기력을 다해 호소했다. 사실 우리의 현실은 '인권개념 실종 종결자' 내지 '인권 문맹자'라 불릴 만한 이들이 통치엘리트들로 군림하여 기고만장하는 반면, 일반 대중들의 절망과 좌절은 극에 달하고 있지 않은가. 허나, 이에 대해 분노하는 자들은 별로 보이지 않고, 대부분은 참여하지 않으며 불행해 하고만 있을 뿐이다.

이러한 우리에게 스테판 에셀은 답을 준다. 100세를 몇 년 앞둔 94세 고령임에도 그러한 강건함과 용기는 어디서 비롯되느냐는 번역자의 물음에 대해 "나의 비결, 그것은 물론 '분노할 일에 분노하는 것'이죠. 그리고 또 하나의 비결은 '기쁨'입니다. 인간의 핵심을 이루는 성품 중 하나가 '분노'입니다. 분노할 일에 분노하기를 결코 단념하지 않는 사람이라야 자신의 존엄성을 지킬 수 있고, 자신이 서 있는 곳을 지킬 수 있으며, 자신의 행복을 지킬 수 있습니다."라고.

그는 분노와 기쁨이 강건함과 행복의 비결이라고 말한다. "아주 일찍부터 어머니는 나에게 어떤 의무라도 지우듯이 말씀하시곤 했습니다. '네가 행복해야 남도 행복하게 해 줄 수 있는 법이야. 그러니 항상 행복해야 한다.' 그래서 나는 행복해지려고 참으로 열심히 노력했습니다." 그리고 1937년 스무 살 때 "장 폴 사르트르라는 스승 같은 선배를 만났습니다. 그분은 내게 '참여'해야 한다는 것을 가르쳐 주셨습니다."라고 그는 말한다. 곧 행복의 비결은 분노와 참여이며, 그것을 통해서 내가 기뻐지고 강해지고 먼저 행복해져야 남도 행복하게 해 줄 수 있다는 것이다.

"웃고 있어도 눈물이 난다"라는 노래 가사처럼, 분노를 감추려고 "웃고 있어도" 분노는 계속 치밀어 오르게 마련이다. 진정으로 웃으려면 먼저 분노를 표출해야 한다. 그 분노가 개인적인 것이 아니라 사회적인 것일수록 그 근원을 찾아 바꾸어야만 그 분노는 풀릴 것이다. 그러한 분노가 세상을 바꾸어 왔다. 사회에 대해서는, 우리가 의롭게 한 번 노할 때마다 사회는 한 번씩 젊어지고, 냉소주의로 한 번 웃을 때마다 사회는 한 번 더 늙어간다(−怒−少 −笑−老)라고나 할까. 분노할 때다.

아프니까 대학이다, 아파해야 대학이다

필자는 올해로 15년을 같은 대학에서 일해 오는데, 한국 대학교육의 현실에 대해 점점 생각이 많아진다. 물론 안 그런 사람은 없겠으나, 주로 인권교육, 시민교육, 가톨릭 사회교리 및 신앙과 사회참여 교육, 그리고 평생교육 관련된 강의를 해왔고, 대학 인성교육에 관한 관심을 늘 지녀왔기에, 상당히 꾸준하게 이런 고민을 해 오고 있다 싶다.

또한 그 세월은 필자가 인권연대(인권실천시민연대)의 창립부터 인권, 그것의 실천, 그 주체인 시민, 그러기에 필요한 연대를 함께 추구해 오면서, 인권운동은 종종 절망스럽기도 하지만, 초심과 진정성을 잃지만 않는다면 희망이 어김없이 찾아옴을 절감해 온 세월이기도 하다.

지금껏 필자가 교육과 관련하여 지녀온 신념은 세상을 올바로 바꾸는 일은 정치가에게 섣불리 기대는 것보다 올바른 교육을 통하는 것이 훨씬 나으며, 올바른 교육에는 꼭 인권과 시민의식이 그 지향 속에 담겨있어야 하고, 교육이 그렇게 올바로 살아있다면 세상은 늘 희망적이라는 것이다. 그리고 '살아있음'의 증거 중에서도 '아픔'을 느낀다는 것은 그 무엇보다 확실한 살아있음의 증거이겠고, 그렇기에 아픔은 희망의 징조라고 할 것이다.

대학도 마찬가지일 것이다. 최근에 『아프니까 청춘이다』라는 책이 주는 위로와 격려처럼, 청춘은 원래 아픈 것이듯이, 필자는 그 청춘들이 다니는, 때로는 그들에게 아픔을 주는, 그 대학 역시도 원래 아픈 것이며 아파할수록 대학다운 것이며, 그렇게 아파해야만 살아있는 것이고, 진정으로 아파해야만 희망이 있다고 말하고 싶다.

언론에 보도되듯이, 한국의 대학은 아프다. 행복추구권을 비롯한 여러 가지의 인권을 유보한 대가로 입시지옥을 거쳐 들어오는 대학이지만, 그 대학에는 상호 간의 무관심과 치열한 경쟁, 대리시험 성행, 게임 중독, 공부에 대한 허무감, 좌절과 위기감이 만연해 있다. 큰 배움(大學) 없는 교육, 취업준비에의 몰두, 대학 간 순위 및 평가에만 지나치게 연연하여 각 대학의 고유한 교육이념과 교육목적 상실, 허무맹랑한 우월감과 괜한 열등감만을 자초, 근거 없이 치솟아 오르는 대학등록금, 아픈 항거이자 절규로서의 반값등록금 시위, 자주 터져 나오는 교수들 및 재단의 비리, 대학의 기업화 추세와 인성교육의 실종, 졸업 후의 실업에 대한 공포 등으로 인해 가치관은 실종되고 물질주의, 허무주의, 출세지상주의, 신자유주의 물결 속에서 대학과 대학생들은 병들고 있다.

그런 가운데, 성찰에 대한 요구도 거세어지고 있다. "이래도 아프지 않나? 진정 아파해야 하지 않나? 이제라도 바뀌어야 하지 않나? 그렇다면 무엇이 올바른 방향인가?"라는 질문이라 할 것이다. 필자가 올해 초에 참가했던 교수세미나의 특강 주제는 '학부교육 선진화'였는데 그 특강에서 쏟아진 지적들은 마치 가뭄 속의 단비와 같이 느껴졌다. 그 중 몇 가지만을 인용과 더불어 정리해 본다.

우선 "미래 전략 세우기—어떤 나라로 만들어 갈 것인가? 어떤 가치를 추구하는 사회로 만들 것인가? 어떤 능력과 소양을 가진 국민들로 만들 것인가?"가 중요하다. 대학교육의 가치, 교육 내용과 질은 그 어느 때보다 높아지고 있다. 반면에 너무나 '지표중심의 사회'로 가고 있다. "미국이나 유럽 대학들은 참고자료로 쓸 뿐 순위 자체에 크게 신경 쓰지 않는다. 그런데 아시아, 중동, 중남미 그 중에서도 한국은 유독 순위에 관심이 많다. 어떻게 해서든 순위를 올리려고 엉터리자료를 보내기도 한다."

그리고 학생, 교수, 기업 모두가 한탄을 하고 있다. 학생들은 "우리보다 연구 실적이 더 중요한가요?" 우리는 "꿈꾸러 왔다. 내 꿈에 동조하고 키워 줄 교수는 어디에 있는가?"라고 묻고, 교수들은 "공부도 인성도 문제다. 내 수업에 왜 TOEIC 공부를 하는지?"라고 물으며, 기업은 졸업생들이 "현장적합도가 미흡하고 재교육 부담이 크다. 인성, 도덕성, 창의성, 의사 소통력, 리더십도 부족하다."며 대학에게 불만을 토로한다.

이제 우리가 상기해야 할 점은 "대학의 이념은 생동하는 정신이며, 하나의 이상을 향해 나아가는 것이다." "교육의 본질은 한 학생의 변화이다. 학사제도 개혁, 갈등구조 해결이 아니다. 교육 제도, 시스템에 대한 노력과 논쟁이 한 학생의 변화에 얼마나 도움 주는지 물어야 한다." "대학의 상업화가 대학의 고유한 특성을 변화시킬 수 있고, 머지않아 곧 후회하게 될 것이다."라는 점이다. 그리고 대학의 교육은 생동감이 넘쳐야 한다. "이스라엘에서는 0살부터 당연함에 도전하고, 물어보고, 논의하고 혁신하라고 교육받는다." "교수는 학생들에게 지식, 지적 호기심, 그리고 '삶'과 '학문'에 대한 진지함을 전달해야 한다."

이런 점들보다 더 가슴에 와 닿던 것은 결국 "각 대학은 자기의 졸업생들이 장차 사회 속에서 어떤 중산층으로 살아가리라 예상하는가?"라는 질문이었다. 다음의 인용처럼, 한국과 프랑스의 경우는 대조적이었고 필자는 매우 씁쓸한 느낌에 빠졌었다. 한국 중산층의 경우는 "4년제 대학 졸업, 한 직장에서 10년 이상 재직, 30평 아파트 소유, 2000cc 이상의 자동차 소유"였고, 프랑스 중산층의 경우는 "한 개의 외국어를 구사할 수 있어 세계여행을 자유롭게 다니면서 많은 경험을 할 수 있고, 한 가지 스포츠를 즐길 수 있어 남과 어울릴 수 있고, 악기 하나쯤 연주할 수 있어 여가를 즐길 수 있고, 한 가지 요리 정도는 할 수 있어 남을 대접할 수 있고, 또 사회정의가 흔들릴 때 용기가 있어 나설 수 있음"이다. 특히 맨 마지막에 사회 정의를 위해 분연히 나설 수 있는 용기, 그러한 인재상(人材像)이 부럽기 그지없었다.

그렇다면 우리 대학들은 이런 지적들을 들으며 얼마나 아파하는가? 무릇, 대학은 세상의 변화, 시대의 요구를 대면하며 아파해야 마땅하다. 대학이 현실에 안주하지 않고 자기가 지닌 고유의 사명과 시대적 사명을 현실 속에서 올곧게 수행하기 위해서는 진통을 겪지 않을 수 없고, 그런 아픔을 깊이 겪을수록 시대를 이끌어갈 수 있는 성숙한 지혜를 세상에 제시하며 세상을 올바로 이끌 진정한 지성인을 양성할 수 있기 때문이다.

아픔을 많이 느낄수록 그만큼 살아있는 것이고, 쾌유를 위해 치열하게 노력할수록, 그 투병이 맹렬하고 겸허할수록, 그만큼 더 희망적일 것이다. 특히, 위에서 언급한대로 "사회 정의가 흔들릴 때 용기가 있어 나설 수 있음"이 가능한 시민을 양성하는 고등교육기관이기 위해서, 한국의 대학이여, 부디 많이많이 아파하라. 아파해야 대학이다. 아프니까 대학이다.

인권생각

가슴이 시키는 일,
인권이 시키는 일

근래에 필자는 책방에서 책을 살피다가 제목에 '꽂힌' 책이 있었다. 그 제목은 『가슴이 시키는 일』이었다. 그 책에서 저자는 '가슴이 시키는 일'은 '먹고 살기 위해서 억지로 하는 일이 아닌, 내가 정말 하고 싶고, 하면 할수록 내가 정말 행복한 일'이며, 그런 일을 하는 이들은 "가난하지만 행복하다." "밥을 먹지 않아도 배가 부르다." "아무 것도 가진 것이 없지만 풍요롭다." "하늘이 주신 지금의 고통을 기꺼이 받아들이겠다."고 말하며, "항상 절망이 아닌 희망의 편에"선다고 설명한다.

"미래가 보장된 의사의 길을 버리고, 신부가 되어 아프리카 오지 마을 톤즈로 떠난 '한국의 슈바이처' 이태석 신부"와 "휘황찬란하고 볼거리가 많은 유럽 대신 질병과 가난에 시달리는 아프리카로 가장 먼저 달려간 '바람의 딸' 한비야 씨" 등을 예로 들며, 저자는 "가슴이 시키는 일을 하는 사람은 역경 속에서도 한 걸음 더 내딛는 힘이 있다. 가슴이 시키는 일을 하는 사람은 세상의 질타와 무시 속에서도 당당함을 잃지 않는다. 가슴이 시키는 일을 하는 사람은 인생의 무게와 꿈을 바꾸지 않는다. 가슴이 시키는 일을 했기에 최고의 자리에까지 오를 수 있었던 것이다."라고 강조한다. 아울러 "평범함을 뛰어넘어 비범한 삶을 사는 사람들, 불가능을 가능으로 바꾸는 사람들, 역경을 딛고 성공을 이루는 사람들…. 그들은 모두 '가슴이 시키는 일'을 했다."고 한다.

사람은 이렇게 살아야만 죽을 때 후회하지 않는다고 한다. 어떤 책을 보면 "죽어가는 사람들이 가장 후회하는 5가지" 중 첫째는, "다른 사람들의 기대에 맞춰서 살지 않고 나 자신에게 충실하게 살았더라면 얼마나 좋았을까?"이고, 둘째는 "그렇게 열심히 일만 하지 말걸 그랬어."라고 한다. 곧 자신의 삶, 자신의 일이 먼저 주관적으로 '의미'가 있고 가슴으로 '만족'할 수 있어야 후회 없는 삶이라는 말이다.

그러면 진정으로 의미와 만족을 느낄 수 있는 일은 무엇일까? 돈·명예·권력, 이 모든 것을 열심히 추구해서 큰 성과를 얻으면 과연 '만족'할 수 있을까? 참된 '행복'일까? "옳은 일에 주리고 목마른 사람은 행복하다. 그들은 만족할 것이다."(마태오 5. 6)(공동번역)라는 성경말씀은 '옳은 일'에 대한 추구 없이는 결코 자신의 삶에 대해 '만족'할 수 없다는 말씀이기도 하다. 동서양의 재벌, 갑부들이 인생 말년에 부랴부랴 큰 재산을 사회에 기부하는 것도 어쩌면 그런 깨달음에서 오는 것이 아닐까 싶기도 하다.

사실 이 시대, 한국인들은 '옳은 일', 곧 '정의'에 대한 목마름이 엄청나다고 할 수 있다. 예를 들면, 하버드대 교수인 마이클 샌델의 책 『정의란 무엇인가』가 미국에서는 10만 부 안팎으로 팔린 것과 달리 우리나라에서는 130만 부를 넘어섰다고 한다. 마이클 샌델 자신도 "놀랍고 말문이 막힐 정도"라며 한국 독자들의 반응이 "상상을 초월하는 것"이라고 말했다고 「월 스트리트 저널」이 2012년 6월 7일 서울발 기사에서 전한 바 있다. 이 신문은 미국은 38%의 응답자가 미국 사회가 불공정하다고 답변한 것과 달리 한국은 74%의 응답자가 불공정하다고 답변했다는 것은 "한국 국민들이 공정성에 대한 욕구가 더 크다는 것을 시사한다."면서 "정부가 나서서 사회경제적 불리함을 치유해야 한다고 믿는 확률이 한국은 93%로 미국인의 56%와 비교해서 더 높게 나타났다"고 보도했다.

이러한 '옳은 일' 내지 '정의' 문제의 핵심은 '인권'이다. 인간이라는 이유 그것만으로 모두가 당연히 누려야 할 최소한의 기본적 권리인 그 인권조차 침해당하는 이들이 사방에서 급증하기에 사람들은 너도나도 '정의'가 무엇인지 알고 싶어 한다. "옳은 일에 주리고 목마른 사람은 행복하다"는 예수님의 가르침, 그 '옳은 일'은 무엇보다도 먼저 인권실천의 노력과 투신이 아닐 수 없다. 우리 각자가 일상 속에서 할 수 있는 실천이 아주 작더라도 그것이 모이면 결코 작지 않음을 우리는 인권의 발달사, 혹은 우리의 역사를 통해 잘 알고 있지 않은가.

이렇게, '가슴이 시키는 일'과 '옳은 일'에 대한 목마름을 강조하며, 필자는 이 시대의 우리들, 그리고 젊은이들이 그렇게 살기를, 그럼으로써 남들과 똑같지 않고 비범하게 인생을 살기 바란다. 우리에게 잘 알려진 영화 '죽은 시인의 사회'(Dead Poets Society)에서 키팅 선생이 학생들에게 강조한 말도 바로 이것이었다. "너의 인생을 비범하게 만들라!"(Make your life extraordinary!)라는 그의 가르침은 "현재를 즐겨라!"(Seize the day!)라는 뜻의 '카르페 디엠'(Carpe Diem)과 함께 명대사이자 참된 가르침의 예로서 그 영화가 나온 1989년 이래 현재까지도 자주 언급되고 있다.

그렇다면 '가슴이 시키는 일'이 정의롭기까지 해서 '옳은 일'에 대한 목마름의 해갈에도 도움을 주는 일이라면 얼마나 좋을까. 바로 이것이 인권교육의 몫이며 '인권'이 '가치'로서 교육되어야 할 이유이다.

'가치'로서의 인권에 대한 생각은 필자가 지난 15년 간 대학 강단과 시민강좌에서 인권을 가르치며 갖게 된 것이기도 하다. 과거의 군부독재시대가 아닌 지금의 시대에는 '이념'으로서보다는 '가치'로서 인권에 접근하는 것이 훨씬 호응도 크고 더 맞는 방법이다 싶다. '가치'로서 인권에 접근한다고 함은 사회변혁 이념으로서 혹은 지식이나 이론 내지 규범으로서 인권을 교육하는 것이 아니라, 가치혼란을 극복하게 해 주는, 분명히 옳기에 올곧게 추구할 만한, 특히 가슴을 뛰게 하는 '가치'로서, 인권을 가슴 안에 심어주는 것을 뜻한다. 이는 사회 안에 만연한 반(反) 인권적인 가치와 불의에 대항하는 의로운 분노와 실천적인 저항, 그리고 가슴 뜨거운 소통 및 '연대'(solidarity)와 자연스레 이어진다.

하여, 가슴에 '인권'이라는 가치를 담음으로써 '인권이 시키는 일'이 곧 '가슴이 시키는 일'이 된다면, 그것을 하며 사는 일이야말로 행복과 만족의 길이며 "평범함을 뛰어넘어 비범한 삶을 사는" 길일 것이다. 그 길은 누구에게나 열려 있다. 많은 이들이 그러하듯 가슴이 시키는 대로 못살고 익숙한 평범함에 안주해 버리는 일, 적어도 그렇게는 살지 않으려 하는 것, 그 자체가 곧 비범함이다. "생각하면서 살지 않으면 사는 대로 생각하게 된다."고 하지 않던가. 가슴에 '인권'이라는 가치를 담아 생각하면서 살 일이다.

인권생각

인권으로
신앙,

그리고

희망
생각하기

'정의'
실종된 대학 교육

1987년 6월항쟁 이후 20년이 지난 한국 사회에서 이젠 무엇이 '정의'로운 것이고 무엇에 저항할 것인가 하는 문제의식은 찾기가 쉽지 않은 것 같다. 사회의 지도층이나 정치인이 자신의 행위에 대한 준거를 사회정의에서 찾는 예는 드물고 대학사회는 더 이상 독재와 싸웠던 비판적 지성이 살아 숨 쉬는 전당이 아니다. 비판정신이 거세된 대학사회는 마치 거대한 취업준비 학원과 같은 것이 되었다.

'정의'에 대한 목마름은 잊혀지고 대학의 순위경쟁과 신자유주의적 시장논리에 교육의 가치가 압도되는 이 시대 상황에서 '정의'는 이젠 옛날 일인가? 야훼 하느님의 "그 시끄러운 노랫소리를 집어치워라, 거문고 가락도 귀찮다. 다만 정의를 강물처럼 흐르게 하여라. 서로 위하는 마음 개울같이 넘쳐흐르게 하여라."(아모스 5. 23-24)(공동번역)라는 말씀도 이젠 옛날 말씀인가? 이런 가운데 인성교육을 강조하는 대학, 특히 가톨릭계 대학들이 수행해야 할 과제는 무엇인가?

잊혀져가는 그 '정의'는 가톨릭계 대학의 교육이념이며 상당히 구체적인 것이다. 전 교황인 요한 바오로 2세는 가톨릭계 대학들의 사명을 교회가 현 시대의 문제들과 요구들인 "인간 생명의 존엄성, 모두를 위한 정의의 촉진, 개인 및 가족생활의 질, 자연의 보호, 평화와 정치적 안정의 추구, 세계 자원들의 보다 공정한 나눔, 그리고 국가 및 국제 수준에서 인류 공동체를 위해 더 잘 봉사할 새로운 경제적·정치적 질서" 등에 대처하도록 돕는 것이라 하며 '정의'를 강조했다. 서강대학교 등을 비롯한 전 세계 예수회 대학의 교육목표 역시도 "남을 위한 삶" 특별히 가난하고 소외된 이들을 위한 삶을 사는 사람을 양성하는 것이며 "정의를 실천하는 신앙"을 갖고 정의를 위한 삶에 투신하도록 가르치는 것이다.

"신앙이 정의의 요청과 정의 구현에 관여해야 한다"는 성서의 정수(精髓)를 외면할 때 성서는 개인 신심을 위한 책자로 하락될 수 있다. 성서는 "과부와 고아와 뜨내기와 빈민들에 대한 관심" 및 '연대'가 '정의'이며, '야훼를 안다'는 것은 곧 '정의를 실천한다'는 것이라고 말한다. "안다"는 것은 지성적 인식만이 아니라 내심의 지식과 인격적 투신을 가리키는 것이다.

그렇다면 '정의'를 구현하고자 하는 노력이 곧 가톨릭계 교육기관의 정체성이자 대학교육의 방향이며, 더 나아가, '복음화' 사명을 수행하는 길이 될 수 있다. 이러한 취지에서 미국 28개 예수회대학들과 타 국가의 예수회 대학들이 모여 2005년 10월에 미국에서 개최된 '예수회 대학의 정의에의 투신 회의'에서는 '정의에의 투신' 노력이 양성과 학습, 연구와 수업, 그리고 학교 운영 및 행정에서 구체적으로 실천되는 사례들이 발표되었다.

특히 '전인(全人) 교육'을 위해서 학생들에게 필요한 것은 '잘 교육된 연대성'이며, 형성과정에서 학생들은 반드시 '모래투성이인 이 세상 현실'을 그들의 삶 안으로 집어넣어, 남들, 특히 불이익을 당하고 억압받는 이들의 권리를 위해서 인식하고 선택하고 행동하는 것을 배워야 하며, 이들과 실제 현장에서 함께 하는 것이 필요하다는 점이 강조되었다.

또한 모든 교수들과 학생들은 대학 지식이 누구와 무엇을 위한 것인지를 자문해야 하고, 연구와 강의 속에서 이러한 '정의'와 '연대'를 지향해야 할 것이며, 학교의 운영과 행정에서도 사회적 약자에 대한 배려 및 가톨릭적 가치의 실제적 구현이 이루어져야 한다고 강조하였다. 이런 '정의에의 투신' 노력은 모든 과목, 모든 전공에서 봉사활동과 함께 구현되어야 할 것이다. 예를 들면, 경제 정의와 기업 경영, 기업의 사회적 책임, 과학기술과 환경 정의, 역사 속의 의로운 투쟁사, 법과 정의 등의 주제가 전공 교과 내용에 포함되고, 정치학 전공 학생의 공명선거 감시활동, 화학공학 전공 학생의 공장 지대의 유해 폐기물처리 과정 조사활동 등 현장에서의 활동으로 이어져야 할 것이다.

가톨릭계 대학들이 강조하는 '남을 위한 삶'과 '정의에의 투신'이 구호에 머물지 않고 시장논리에 매몰되지 않으려면, 교수와 학생, 직원, 학교 공동체 모두가 연구와 교육 및 행정에서 "정의가 강물처럼 흐르게" "서로 위하는 마음 개울같이 넘쳐흐르게" 해야 하지 않을까?

'인권 감수성'과
'신앙'

인권을 가르치는 일은 아마도 머리보다는 가슴에 대고 하는 게 맞을 것 같다. 어쩌면 '인권 감수성'의 계발이 인권교육의 가장 중요한 목표이기 때문이다. '인권 감수성'은 "일상생활에서 만나는 다양한 자극이나 사건에 대하여 매우 작은 요소에서도 인권적인 요소를 발견하고, 적용하면서, 인권을 고려하는 것"을 말한다. 즉 "인권문제가 개재(介在)되어 있는 특정 상황에서 그 상황을 인권 관련 상황으로 지각하고 해석하며, 그 상황을 해결하기 위한 책임이 자신에게 있다고 인식하는 심리과정"이다. 이렇게 '인권 감수성'은 "인권을 옹호하는 행동을 하는 가장 기본적인 행동과정"이기에 강조된다. 대학에서 인권을 가르치는 필자 역시도 학생들로 하여금 각자의 '인권 감수성'을 스스로 일깨우도록 도움을 주고자 한다. 머리보다는 가슴으로, 그리고 감정이입을 통해 느끼게끔 말이다.

'인권 감수성' 교육을 위한 교재는 주변에 얼마든지 있다. 쉬운 예를 들어, TV 드라마도 좋은 교재이다. 고급 승용차를 탄 미남·미녀 주인공만을 바라보지 말고 노숙자와 걸인들에게도 우리는 눈길을 줄 수 있어야 한다. 모두가 똑같이 한 사람 분량인 같은 인간들 아닌가. 주인공 위주의 스토리 전개 속에서 결말은 이미 정해졌고 그 이외의 다른 인생들은 관심을 둘 필요조차 없는 건가.

잊으려 해도 '자꾸 눈에 밟힌다'라는 표현을 우리는 종종 쓰는데, 우리 주변의 약하고 힘없는 사람들이 자꾸 우리 눈에 밟히는 일, 그런 일은 일어날 수 없는 건가. '인권 감수성'은 평소 우리로 하여금 중심에서 주변으로, 높은 곳에서 낮은 곳으로, 그리고 머리에서 가슴으로 향하게 하며, 고급스런 차에서 내려와 먼지 나는 길바닥에 드러누운 이들의 바로 그 눈

높이에서 그 가난을 가슴이 뻐근해질 만큼 느끼게 해 주는 것이다.

예수님은 '인권 감수성'을 무척이나 많이 가지신 분이셨다. 그분은 오로지 "너희가 여기 있는 형제 중에 가장 보잘 것 없는 사람 하나에게 해 준 것이 바로 나에게 해 준 것이다."(마태오 25. 40)(공동번역)라고 하셨다. 그분은 나자로의 죽음 앞에서 크게 흐느끼셨고, 병자들을 가엾이 여기시고 그 처지를 진정으로 가슴아파하시어 치유해 주셨으며, 창녀였던 막달라 마리아를 진정으로 연민을 갖고 깊이 사랑하셨다. 세상이 보잘 것 없게 여겨 인정받지 못했던 그들의 인간으로서의 존엄성을 세상에 대해 대신 외치시며 진정으로 그들과 함께 기뻐하고 슬퍼하셨다.

예수님처럼 우리도 '지극히 불쌍한 사람들 가운데 하나에게 잘해 주는 것'을 통해서 '신앙'을 실천하고자 한다면, '인권 감수성'은 우리로 하여금 누가 '지극히 불쌍한 사람들'인지를 느끼고 깨달아 그쪽으로 눈을 돌리게 도와준다. 예를 들면, 노숙자들 중에서도 성폭력까지 당하는 여성 노숙자들, 환자들 중에서도 에이즈 및 한센병 환자들, "차례로 줄 서시오"라는 말에서도 상처받는 휠체어 장애인들, '벙어리 냉가슴'을 진짜로 앓는 청각장애인들, 어느 나라에도 없는, 용어부터가 모순인, 소년소녀가장들, 초등학교 때부터 왕따 당하기 시작하는 이주노동자 자녀들, 이미 좌절해 버린 수많은 청년·중년 실업자들, 이런 문제들은 곧 '인권 문제'이다.

우리는 남들이 '작은 것'이라고 여기는 것들과 '가장 보잘것 없는' 듯 보이는 이들을 보며 자주 슬퍼할 수 있어야 한다. 예수님처럼 그들에 대해 진정으로 가슴아파하고, 그들에게 해방을 선포하신 예수님의 뜻을 헤아려 따르는 일, 이것이 곧 '신앙' 아닌가. 그렇기에 '신앙'과 '인권 감수성'은 함께 가야 한다.

'신앙의 실천'과
'시민참여'

한국 사회는 1987년 6월항쟁 이후 90년대 들어 '시민운동
의 시대'를 맞아 다양한 시민운동들이 곳곳에서 활발하게 일
어났고 우리는 군사정권 시절의 통제받던 국민이 아니라 참
여하는 시민, 세상을 바꾸는 시민으로 탈바꿈했다. 하지만 정
치·경제·문화 등의 여러 영역에서 공동선과 인권, 정의 등
의 윤리와 원칙이 제대로 지켜지지 않고 있고, 사회적 약자들

을 포함한 '가난한 이들'은 점점 더 소외되고 있으며, 우리에게는 정치적 무관심 내지 냉소주의가 팽배해 있는 게 현실이다. 이렇기에, 사회 안에서 '시대의 징표'를 읽고 복음의 빛으로 올바른 '질서'를 모색하고 구현하고자 하는 행동으로서의 '신앙의 사회적 실천'은 더욱 더 절실히 요청된다.

교황 요한 바오로 2세는 1988년에 "교회와 세계 안에서의 평신도의 소명과 사명"을 주제로 발표한 사도적 권고인 〈평신도 그리스도인〉에서 "평신도들이 교회의 봉사와 임무에 지나치게 강렬한 관심을 가짐으로써 전문적, 사회적, 문화적, 정치적 분야에서 자신들의 책임을 회피하려는 것"을 커다란 유혹이자 잘못으로 지적한 바 있다(2항). 즉 교회 안에서 봉사하는 것이 전부가 아니라 교회 밖 세상도 책임져야 한다는 뜻이며, "세상의" "빛과 소금"이 되어야 한다는 것이다. 앞서 교황 바오로 6세도 〈현대의 복음 선교〉(1975)에서 평신도들에게 "현세적 질서의 쇄신을 자신들의 의무로" 알아 "행동에 나서라고 요청"하였다. 한 마디로, "훌륭한 신자"가 되기 위해서는 "훌륭한 시민"이 되어야 한다는 뜻 아닐까?

그러나 교회의 담은 높기만 하고 교회 안팎은 여전히 분리되어 있는 것 같다. 예를 들어, 장애인주일에 각 본당에서 특별헌금을 걷는 '신앙의 실천' 못지않게 요구되는 것이 한국 사회에서 힘겹게 벌어지고 있는 장애인 인권운동에 대한 관심과 후원이라면, 장애인주일에 본당신부가 신자들에게 "우리 주변에는 우리처럼 버스를 타고 싶어 버스에 휠체어를 쇠사슬로 묶고 이동권을 요구하며 절규하는 장애인들이 많습니다. 장애인이동권연대 후원 회원 가입서를 쓰는 것도 이웃사랑 아닐까요?"라거나 혹은 "우리 성당은 입구의 문턱이 높아 장애인들이 출입하기 힘들고 엘리베이터도 없습니다. 오늘을 우리 성당을 바꾸는 계기로 삼읍시다."라는 강론을 하면 어떨까? 교회 안에서만이 아니라, 밖에서의 신앙의 실천, 그리고 교회 안팎을 잇는 실천에도 눈을 뜨는 것은 신앙의 아름다운 성숙일 것이다.

또 이것은 어떨까? "우리나라 사람들은 자기 집 마당은 쓸지언정 동네 골목길은 쓸지 않는다. 바람이 불면 골목길의 쓰레기가 금방 자기 집 대문 앞도 더럽힐 게 자명한데도 그것이 자신과는 상관이 없다고 여긴다."는 어느 시민운동가의 지적에 "자기 집" 대신 "자기 교회"를 대입시켜보는 것 말이다.

1981년 여의도광장에서 열렸던 한국 천주교구 설정 150주년 기념 신앙대회는 필자에게 기억이 아직도 생생하다. 100만 명의 가톨릭신자들이 한 곳에 한 뜻으로 모였다는 점 뿐 아니라, 그 큰 행사가 끝난 자리에 휴지 하나도 버려져 있지 않아, 언론에서는 그 사실을 경이로운 일로 보도했다. 그 '기적' 같은 일이 가능했던 것은 행사를 주재한 성직자가 행사

마무리에 "우리 모두 속죄의 뜻으로 휴지 남기지 말고 갖고 가자"는 취지의 말을 한 후 모두가 한 뜻으로 그것을 실천했기 때문이었다.

그러한 '신앙의 실천'은 '시민참여'의 시대에, 그리고 독재정권 몰락 이후 '신앙의 사회적 실천'이 크게 줄어든 이 시대에 새로운 의미와 희망을 준다. 신자들을 움직이는 '신앙적 동기'가 주변 환경을 사랑하고 보존하자는 환경운동 등의 '시민적 동기'로 이어진다면 참여가 늘 메마른 우리 시민사회는 엄청나게 큰 저수지의 물을 만나는 셈일 것이다.

"밤늦도록 동산 안에 주와 함께 있으려 하나 괴로운 세상에 할 일 많아서 날 가라 명하신다."라는 찬송가 구절처럼, 예수님은 그러한 '눈뜸'과 '투신'을 우리에게 명하신다. '신앙의 사회적 실천' 방법 중에 우리는 시민단체에 가입하거나 후원하는 참여도 생각해 볼 필요가 있다. 공동선을 추구하고 연대성 원리에 입각하여 진정성과 순수성을 잃지 않고 "세상의 빛과 소금"이 되고자 하는 시민단체를 찾아 힘을 보태는 일은 아름답고 힘 있는 실천 가운데 하나 아닐까?

'민주적 시민성'과 '신앙'

1987년 6월항쟁 이후 20년이 지난 현재의 한국 사회에서 이제 '민주주의'는 우리가 당연히 누리는 환경이자 더 이상 논할 게 없는 명제인가? 물론, 민주주의는 독재와 반대말이지만, 그렇다고 독재가 무너지는 순간에 완성되는 것은 아니며, 시작될 뿐이다.

제도적인 개혁을 통한 민주주의의 신장, 예를 들어, 의회의 행정부에 대한 견제의 강화, 정당 내의 민주화, 이익집단의 활성화, 언론의 민주화 등도 중요하지만, 더 중요한 것은 시민적 하부 구조인 민주적인 시민 윤리와 시민 문화의 정착이 아닐까 생각한다. 즉 인간의 존엄성, 공공질서 덕목, 합리적 의사 결정, 사회 참여와 비판, 공동체에 대한 협동과 연대 의식 등이 토대가 되어야만 민주주의는 모래 위에 지은 누각이 아닐 수 있다. 더 나아가, 현재의 '민주주의'가 과연 제대로 된 민주주의인지, 누구를 위한 민주주의인지, 늘 깨어서 지켜보는 일이 중요하다.

가톨릭교회의 사회적 가르침에도 이러한 문제의식이 담겨 있다. 민주주의는 '인간의 존엄성'과 '사회정의' 및 '공동선'을 담기 위해 가장 낫지만, '깨지기 쉬운 그릇'이므로, 가톨릭 사상가인 자끄 마리땡의 지적처럼, 민주주의가 진정으로 본래의 원형을 유지하려면 '복음적 영감'에 의해 인도되어야만 한다. 더 나아가, 교회는 "모든 그리스도인들에게 다시 한번 속히 행동에 나서라고 요청" 하며, "평신도들은 현세적 질서의 쇄신을 자신들의 의무로 여겨야" 하고 "자발적인 구상과 계획으로 사람들의 정신과 풍습, 사회 공동체의 법제와 조직을 그리스도화 하는 것을 자신의 의무로 생각해야" 한다고 가르친다(『팔십주년』 48항; 『민족들의 발전』, 81항).

아울러 '공민 교육'과 '정치 훈련' 즉, 가톨릭 가치관을 토대로 한 민주주의 교육 내지 민주시민교육의 필요성에 대해서는 "공민 교육과 정치 훈련은 국민 대중과 특히 청소년들에게 매우 요긴한 것이므로, 모든 국민이 정치 공동체 생활에서 각기 제 역할을 다할 수 있기 위해서 교육에 세심한 주의를 기울여야 한다."라고 가르친다(「사목헌장」 75항).

결국, 정치인이나 다수의 국민들 양쪽에 공히 요구되는 것은 자기들의 사적인 이익이나 행복을 다소 희생해서라도 공동선을 앞세워 실천할 수 있는 정신과 자기 절제 및 책임감일 것이다. 그리고 어떤 탁월한 정치적인 식견만큼, 혹은 그보다 더 중요한, '민주적 시민성'의 기초는 공공질서에 대한 윤리의식 및 시민예절일 것이다. 법과 윤리를 안중에 두지 않는 사람들이 판을 치는 '반칙 사회'를 정직에 바탕을 두는 '신뢰 사회'로 바꾸어 가는 운동부터 시작해야 하는 게 우리의 현실 아닐까?

한국 사회를 윤리적으로 성숙한 사회로 가꾸어가기 위해 몇 년 전에 창립된 어떤 시민단체는 다음의 여섯 가지를 행동 수칙으로 정하고 일반 시민들의 동참을 호소하고 있는데, 그 여섯 가지는 "자신의 한 말에 대해 책임을 진다", "환경보호와 검소한 생활로 공동의 자산을 아낀다", "교통 규칙을 비롯한 기초 질서를 지킨다", "정당한 세금을 납부한다", "뇌물을 주거나 받지 않는다", "어려운 사람을 돕는다"이다. 즉, 소위 '민주화된 한국 사회'에서의 민주적 시민성은 이렇게 기초적인 윤리의 확립부터가 당면과제인 것이다.

에티켓과 기본질서 및 규칙이 준수되어야 민주주의 작동의 기본 전제인 '사회적 신뢰'가 비로소 가능해진다. 예를 들어, "줄 서기, 뇌물 안주기, 열 번 조이라는 볼트는 정확히 열 번 조이기, 돈 받고 검사필증 내주지 않기, 경찰이 있든 없든 빨간 신호등에는 무조건 서기"와 같은 기본질서와 양심을 모두가 지킬 것이라는 신뢰부터가 없기에 한국 사회에는 야만성과 파행성이 팽배해 있는 게 아닌가 싶다.

신앙인들은 어떤가. 사소하게 보일지도 모르는 이러한 기본질서와 양심을 신앙인들부터 먼저 지켜야 하지 않을까? 이것이 민주적 시민성과 민주주의의 기초이고, 사회적 신뢰를 가능케 하는 것이며, 더 나아가, 이러한 것에서부터의 솔선수범이 "현세적 질서의 쇄신" 및 "사람들의 정신과 풍습, 사회 공동체의 법제와 조직을 그리스도화 하는 것"의 출발점임을 우리는 상기해야 할 것이다. '민주적 시민성'은 민주적 질서를 추구하는 '신앙' 실천의 기본 아닐까? 기본질서와 양심을 남들보다 먼저 솔선하여 지키는 일은, 작은 것에서 시작하지만, 그 의의는 참으로 클 것이다.

'자살'이 많아도
너무 많은 사회

필자는 대학에서 인권, 민주주의, 시민운동, 가톨릭 사회참여 등에 대해 가르치고 있습니다. 그리고 사회정의, 공동선, 가난한 이를 위한 우선적 선택을 지향정신으로 하여 가톨릭 사회교리를 실천하려고 평신도들이 주축이 되어 작년에 창립한 작은 시민단체인 '사회정의시민행동'에 주도적으로 참여하고 있습니다. 그러면서 갖게 된 몇 가지 고민과 생각들을 네 차례에 걸쳐 여러분들과 나누려고 합니다.

오늘 그 첫 주제가 하필이면 '자살'인 것은 세계보건기구 (WHO)와 국제자살예방협회가 2003년에 공동으로 제정한 '세계자살예방의 날'(9월 10일)이 곧 오기 때문입니다. '자살 공화국'이라는 오명에 걸맞게 이미 자살얘기는 하도 자주 접해서인지 대한민국에서는 별 얘깃거리도 못되며, 특히 청소년을 비롯한 사회적 약자들의 자살도 그냥 그러려니 합니다. 개인의 문제가 아니라 제도적 폭력, 구조적 폭력, 개인 탓으로만 돌릴 수는 없는 중한 정신장애나 시련, 고통, 불안, 두려움, 그리고 우리의 무관심에 의한 것인데도 말입니다.

통계를 보면, 한국의 자살자 수는 1993년에 인구 10만 명당 10.5명이었던 것이 12년 뒤인 2005년에는 26.1명(인구 4,500만 명 중 11,745명 꼴)으로 두 배 반이나 증가했습니다. 경제협력개발기구(OECD) 29개 회원국 가운데 자살률 1위인 한국의 자살률은 OECD 회원국의 평균보다 거의 두 배 이상 높습니다. 연령별로 보면, 20세 층에서부터 나이가 많아질수록 자살률도 모든 층에서 점점 더 증가했고, 60세 이상, 더 나아가 80세 이상 노인의 자살률은 놀랍게(5.3배) 증가했습니다. 같은 시기에 눈에 띄게 증가한 이혼과 소득불평등, 즉 가족해체와 빈부격차의 심화는 자살률 증가와 인과관계가 있습니다.

또한 농업과 어업 종사자들과 무직자들 같은 사회적 약자들의 자살률이 일반 인구의 자살률보다 압도적으로 높다는 사실은 이것이 사회정의 관련 문제임을 뜻하기에, 제가 속한 시민단체(사회정의시민행동)는 이 문제의 해결을 주요 목표의 하나로 삼고 있습니다.

아울러 종교의 탓도 크다고 합니다. 종교를 믿건 안 믿건 자살충동이나 자살에 대한 의식에 별반 차이가 없음은 종교가 자살을 감소시킬 정도의 의미와 감동을 못주며 '믿음'만 마냥 강조하기 때문이라고 합니다.

5분에 1명씩 자살이 시도된다니까 지금 이 미사 중에도 어디에선가 여러 명이 자살을 시도하고 있겠지요. 공감, 인정, 격려, 사랑, 이 어느 하나라도 받고 있다고 느끼고 싶어 마지막까지 기다린답니다. 우리 각자 일생 동안 적어도 주위의 한 명의 자살은 막아주었다는 보람을 느끼도록 합시다. 그러면 주님께서 "너희의 '믿음'이 그를 살렸다. 그리하여 너희도 살렸다."라고 하시지 않을까요. 인터넷 검색창에 '자살예방'을 쳐 보세요. 꼭 살아야 하는 그를 꼭 살립시다.

'사회교리'와의 만남,
우리의 바램이기를

"우리 만남은 우연이 아니야. 그것은 우리의 바램이었어~." 라고 시작되는 '만남'이라는 노래를 들어보셨죠? 그러면 '가톨릭 사회교리'와 '제2차 바티칸 공의회'에 대해선 들어보셨나요? 제2차 바티칸 공의회(1962–65년) 폐막 이후 43년 동안, 저는 본당 강론 중에 신부님이 이러한 것들에 대해 언급하시는 것을 한 번도 못 들어본 것 같습니다.

저와 '사회교리'와의 만남은 우연이기도 했고 바람이기도 했습니다. 군부독재 시기였던 70년대, 80년대에 정치학을 공부하던 저는 '주의 기도' 중에서 특히 "이 땅에서 이루어질 기도하는 그 '아버지의 뜻'과 한국의 '민주화'의 관계는 무엇일까? 그것을 위한 교회의 개입은 정당한 것이 아닐까?" 등의 질문을 갖게 되어, 결국 그와 관련된 학위논문을 쓰게 되었습니다.

그리고 시국선언문이나 성명서 자료 등에서 자주 접하게 된 사회교리 문헌들 예를 들어, 『현대세계의 사목헌장』의 76항, 곧 교회는 어떠한 정치체제와도 결부되거나 얽매이지 않지만, "인간의 기본권과 영혼들의 구원이 요구할 경우에는 정치 질서에 관한 일에 대해서도 윤리적 판단을 내리는 것은 당연한 일이다."라는 가르침은 저에게 질문의 답뿐 아니라, 지금까지도 저로 하여금 인간의 기본권과 정치 질서 및 교회의 사회참여에 관해 연구하고 강의하도록 이끌고 있으며 실천을 독려하고 있습니다.

사회교리는 성서만 읽고서는 잘 모르던 것을 우리에게 가르쳐 줍니다. 예를 들어, 예수님께서는 산상설교에서 "옳은 일에 주리고 목마른 사람은 행복하다. 그들은 만족할 것이다."(마태오 5, 6)(공동번역)라고 하셨는데, 그 '정의'가 무엇일까 궁금할 때, 전 교황 요한 바오로 2세는 그 '정의'는 구체적인 것으로, 예를 들면, 자원부족과 인구증가가 문제될 경우엔 인간의 공존을 가능케 하는 적정한 생산성 및 올바른 사회보장제도의 확립, 어린이에게는 충분한 영양과 교육이나 교양을 몸에 익힐 기회가 부여되는 것, 농민에게는 생명을 유지하기 위한 토지가 주어지고 인간으로 적당한 생활을 영위할 수 있을 것, 노동자가 학대받거나 권리를 침해당하지 않을 것 등이라고 풀이해 주십니다.

그렇다면, '정의'에 목말라 하는 신앙인은 세상 곳곳에서 벌어지는 불의에 대해 관심을 갖지 않을 수 없겠죠. 성서를 읽으며 묵상만 하던 조용한 신앙은 뉴스를 보다가도 울먹이며 기도하는 가슴 뜨거운 신앙으로 커가겠지요.

일찍이 1966년에 '바티칸 공의회와 한국 교회'에 대한 사목교서에서 한국 천주교 주교회의는 공의회를 연구하고 묵상하여 일상생활로 연결시킬 것을 강조한 바 있습니다. 제2차 바티칸 공의회 정신과 사회교리가 과연 무엇이기에 독재를 이기는 실천을 낳았고 교회와 우리를 '쇄신'시킨다는 건지 궁금해 하시는 것부터가 시작이겠지요.

'소신'과 '희망'을
잃지 않게

![서명]

제가 공부를 마치고 돌아와 대학에서 가르쳐 온 세월도 벌써 15년이 되었습니다. 공부는 시작하기는 쉬워도 마무리 짓기는 참으로 어려움을 절실히 깨달았었고, 그 이후엔 공부를 가르치는 일은 쉬워도 졸업생들의 마음속에 스승으로 남는 것은 결코 쉽게 못 얻는 영광일 것임을 매 학기 느끼고 있습니다.

인권생각

물고기를 잡아다 주는 것이 아니라 스스로 물고기를 잡도록 그 방법을 가르쳐 주는 것이라고 교육을 흔히들 비유합니다. 저도 그랬지요. 그러다가 생텍쥐페리(Saint-Exupery)는 교육을 학생들로 하여금 바다를 사랑하도록 해 주는 것이라고 했다는 얘기를 듣고는 눈이 새로이 뜨이는 것 같았습니다. 각자의 인생, 그리고 이 세상을 우리가 '사막'으로 여길지라도, 『어린왕자』의 작가는 그 작품에서 "사막이 아름다운 것은 어디엔가 우물이 숨어있어서 그래."라고 하며 그 사막을 사랑하게 해 줍니다.

종강 때마다 저는 시험 얘기 말고 제 학생들의 인생길에 뭔가 힘이 되는 말을 한 마디라도 꼭 남기고 싶어집니다. 비록 다시 모두 만나기는 힘들겠지만, 제자들, 그 젊은 가슴들이 아무리 앞날이 힘들어도 각자의 '소신'과 '희망'을 잃지 않도록 꼭 격려해 주고 싶어집니다. 그래야 '삶'이라는 바다를 항상 사랑할 수 있을 테니까요.

'소신'과 '희망'에 대해 얘기할 때 저는 몇 개의 구절을 인용하곤 합니다. "깊고 의연하고 성실하십시오. 지금 여러분이 생각하거나 행동하는 것이 여러 사람의 반대를 받거나 이해받지 못하더라도 그 발표나 행동을 주저하지 마십시오. 그들도 언젠가는 이해할 것입니다. 한 사람에게 깊은 진실인 것은 모든 이에게도 진실이기 때문입니다."라는 조각가 로댕의 말,

인권으로 희망찾기

그리고

좋은 건 결코 사라지지 않는다.
사람세상에 솟아난 모든 진심인 건 혼령이 깃들기에 그러하다

라는 김남조 시인의 〈좋은 것〉의 시 구절은 저 자신에게도
늘 격려가 되어 주었습니다. 그리고 젊었던 어떤 시기에 제가
참으로 어려웠을 때 어느 가르멜 수도원 원장 수녀님께서 보
내 주신 편지의 "곧은 선을 그리려다 잘 안되면 가장 아름다
운 곡선을 그려가세요"라는 말씀도 제게 참으로 커다란 위로
가 되었었지요.

'삶' 혹은 '인생'에 대해서 저는 치열한 '노력'과 넉넉한 '관조'
를 함께 추구하라고 말해 주고 싶습니다. "살아있는 물고기
는 강물을 거슬러 헤엄친다."는 말은 가슴을 뜨겁게 달구지
만, 그것과 함께 필요한 것은 노랫말에 담긴 "인생은 나그네
길, 강물이 흘러가듯 정처 없이 흘러서 간다."라는, 혹은 대(大)
테레사 성녀의 말씀인 "인생은 낯선 여인숙에서의 하룻밤"이
라는, 인생을 그렇게 바라봄 아닐까요. 희망의 궁극적인 목적
지, 본향으로의 귀성길에서 모두 다시 만나기를 기원합니다.
"가르치는 일이 그래도 아름다운 것은 그 어디엔가 우물이 숨
어있어서 그래."라고 저도 말하렵니다.

'어두운 곳'을 '사랑으로' 밝혀 주는 일

한승헌

　"아~ 영원히 변치 않을 우리들의 사랑으로 어두운 곳에 손을 내밀어 밝혀 주리라."라는 포크 듀엣 해바라기의 〈사랑으로〉라는 노래 아시죠? 약간씩 취한 가운데 모임의 마무리 노래로 동료 간의 화합과 열심히들 살자는 다짐을 담아 어깨동무하며 목청 높여 함께 부르곤 하던 기억이 납니다. 지금도 그렇게 불리고 있겠지요. 이 노래는 80년대 중반 어느 환경미

화원 일가족이 배고픔을 못 이겨 동반자살을 시도한 사건이 계기가 되었다는군요. 당시에 라면 값이 100원이었다는데 그 몇 백 원이 없어 함께 죽으려 했나 싶어 울컥 치받는 눈물을 닦으며 이 노래를 만들었다 합니다. 그렇다면 "어두운 곳에 손을 내밀어 밝혀 주는 일"이란 무엇일까요.

우리 사회의 '어두운 곳'이라 하면 먼저, 이웃 간의 관심·배려·책임의식·공동체의식·도덕성과 윤리의식의 부재, 그리고 자살이 하도 많아 생기는 우리의 죽음 불감증이 생각납니다. 또한 정부와 국민 간의 소통의 실패, 인권침해 여지가 크더라도 그 법에 대한 무조건적 준수만을 강조하는, 주객이 전도된 법치주의, 아무리 일해도 가난을 못 벗어나고 일할 기회만 있으면 영혼이라도 팔겠다는 청년들이 넘쳐나는 불안정한 노동과 대량실업도 어두움의 모습이며, 뉴타운이 건설되고 감세정책이 실시되고 국제중학교 등이 생겨나고 더 나아가 경제가 살아난다 해도 별로 그 혜택이 안 돌아올 우리 사회 대다수의 국민들, 그럼에도 불구하고 인권과 공동선, 사회정의와는 사뭇 다른 차원에서 오만하게 마치 모든 해결책인 양 홍보되는 '경제 살리기', 이러한 것들도 모두 어둡습니다.

교황 요한 바오로 2세는 "교회와 세계 안에서의 평신도의 소명과 사명"을 주제로 발표한 사도적 권고 〈평신도 그리스도인〉(1988년)에서 "평신도들이 교회의 봉사와 임무에 지나치게 강렬한 관심을 가짐으로써 전문적, 사회적, 문화적, 정치적 분야에서 자신들의 책임을 회피하려는 것"을 커다란 유혹이자 잘못으로 지적하였습니다. 교회 안에서 봉사하는 것만이 전부가 아니라 교회 밖 세상도 책임져야 한다는 뜻이며, 교회 바깥 "세상의" "빛과 소금"이 되어야 한다는 것이겠지요. 앞서 교황 바오로 6세도 〈현대의 복음 선교〉(1975)에서 평신도들에게 "현세적 질서의 쇄신을 자신들의 의무로" 알아 "행동에 나서라고 요청"한 바 있습니다.

사회정의, 공동선, 가난한 이를 위한 우선적 선택, 인간의 존엄성 · 보조성 · 연대성 등의 사회교리가 우리 사회의 어두운 곳을 밝히는 원칙이 되도록 우리는 정부 · 기업 · 언론을 감시하고 견제하며, 그러한 노력을 하는 인권단체 · 시민단체들과 연대하고 그들을 후원해야 하지 않을까요? 참, 그 〈사랑으로〉라는 노래도 "내가 살아가는 동안에 할 일이 또 하나 있지"라고 시작되네요.

〈출처〉

인권으로 사회 생각하기

(인권연대 게재 순: 1-23, 2000~2012년)

(1) 인성교육으로서의 인권교육-인권연대 소식지 「인권연대」 (2000.4.15)

(2) 인권을 가르치는 일-인권연대 소식지 「인권연대」 (2003.7.20)

(3) 인권에 대한 오해와 깨달음-인권연대 주간웹진 「사람소리」 중 [발자국통신](2005.7.26)

(4) 대학에서 인권을 가르치며-[발자국통신](2005.12.6)

(5) 담쟁이 바라보며 인권운동 생각하기-[발자국통신](2006.5.14)

(6) '인권 감수성'에 관한 몇 가지 생각-[발자국통신](2006.9.26)

(7) '장애인'이 아닌 '장애를 가진 사람'-[발자국통신](2007.1.30)

(8) '무심한 국민들'이 '희망 가득한 시민들'로 거듭나는 상상-[발자국통신](2007.5.9)

(9) 인권의 회복, 사람이 희망이다-[발자국통신](2007.10.22)

(10) 자살예방과 인권운동-[발자국통신](2008.3.19)

(11) 촛불집회, 보수 기독교계, 그리고 정의구현사제단-[발자국통신](2008.7.2)

(12) 인터넷과 언론의 돌팔매와 연예인의 인권-[발자국통신](2008.10.13)

(13) '체벌'을 부끄러워해야 '교육', '강제진압'을 부끄러워해야 '법치'-[발자국통신](2009.2.9)

(14) '혼'과 '돈'의 혼돈, 그리고 인문학-[발자국통신](2009.5.6)

(15) '이슬비'가 '물대포'를 이기리라-[발자국통신](2009.8.5)

(16) 갈매기의 꿈, 독수리의 삶-[발자국통신](2009.12.23)

(17) '소신'의 아름다움과 무모함에 대하여-[발자국통신](2010.5.3)

(18) 내 눈에 흙이 들어가기 전에는-[발자국통신](2010.9.7)

(19) 종교의 자유와 인권, 예우와 연대, 그리고 희망에 대하여-[발자국통신](2011.1.12)

(20) 사람이 무엇이기에, 삽질이 무엇이기에-[발자국통신](2011.5.11)

(21) '분노'에 대하여-[발자국통신](2011.10.19)

(22) 아프니까 대학이다, 아파해야 대학이다-[발자국통신](2012.2.28)

(23) 가슴이 시키는 일, 인권이 시키는 일-[발자국통신](2012.7.11)

인권으로 신앙, 그리고 희망 생각하기

(가톨릭 매체 게재 순: 24-31, 2007~2008년)

(24) '정의' 실종된 대학 교육-「가톨릭신문」, "방주의 창"(2007.6.17)

(25) '인권 감수성'과 '신앙'-「가톨릭신문」, "방주의 창"(2007.7.15)(부분적으로 내용 첨삭)

(26) '신앙의 실천'과 '시민참여'-「가톨릭신문」, "방주의 창"(2007.8.19)

(27) '민주적 시민성'과 '신앙'-「가톨릭신문」, "방주의 창"(2007.9.16)

(28) '자살'이 많아도 너무 많은 사회-천주교 서울대교구 문화홍보국, 「서울 주보」, "말씀의 이삭"(2008.9.7)

(29) '사회교리'와의 만남, 우리의 바람이기를-천주교 서울대교구 문화홍보국, 「서울 주보」, "말씀의 이삭"(2008.9.14)

(30) '소신'과 '희망'을 잃지 않게-천주교 서울대교구 문화홍보국, 「서울 주보」, "말씀의 이삭"(2008.9.21)

(31) '어두운 곳'을 '사랑으로' 밝혀 주는 일-천주교 서울대교구 문화홍보국, 「서울 주보」, "말씀의 이삭"(2008.9.28)

인권
생각

인권
으로
희망
찾기

지은이 김 녕 **발행인** 김윤태 **발행처** 도서출판 선 **북디자인** 디자인이즈
등록번호 제15-201 **등록일자** 1995년 3월 27일
주소 서울시 종로구 종로오피스텔 1020호 **전화** 02-762-3335 **팩스** 02-762-3371

초판1쇄 발행 2013년 1월 30일
ISBN 978-89-6312-464-3 03810
값 9,500원